내 마음속 모차르트

시작시인선 0515 내 마음속 모차르트

1판 1쇄 펴낸날 2024년 11월 8일
지은이 강애나
펴낸이 이재무
기획위원 김춘식, 유성호, 이형권, 임지연, 차성환, 홍용희
책임편집 박예솔
편집디자인 민성돈, 김지웅, 정영아
펴낸곳 (주)천년의시작
등록번호 제301-2012-033호
등록일자 2006년 1월 10일
주소 (03132) 서울시 종로구 삼일대로32길 36 운현신화타워 502호
전화 02-723-8668
팩스 02-723-8630
블로그 blog.naver.com/poemsijak
이메일 poemsijak@hanmail.net

ⓒ강애나, 2024, printed in Seoul, Korea

ISBN 978-89-6021-788-1 04810
    978-89-6021-069-1 04810(세트)

값 11,000원

*이 책 내용의 전부 또는 일부를 재사용하려면 반드시 저작권자와 (주)천년의시작 양측
 의 동의를 받아야 합니다.
*잘못된 책은 바꾸어 드립니다.
*지은이와 협의하에 인지는 생략합니다.

내 마음속 모차르트

강애나

천년의시작

시인의 말

시드니의 시詩 든 이가 시를 통해 세상의 환희와 고통, 그리고 감성을 나누고 싶다. 2002년 시 창작 교실에 첫발을 들여놓고, 2년 뒤 수료증을 받았다. 시드니에서 40년 넘게 살며 영어 칼리지와 대학에서 읽기와 쓰기를 배우던 중, 처음으로 호주 원주민인 애보리지니의 역사와 문화에 관해 듣게 되었다. 호주 땅에서 6만 년을 살아온 그들에게는 고유한 언어와 풍습이 있다. 나는 늘 그것이 궁금했다. 호주 원주민들에게는 우리가 잘 알지 못하는 슬프고 억울한 역사가 있다. 나는 그들의 말과 생활, 그리고 풍습이 자연에서 우러나오는 시의 언어라고 생각한다. 여섯 번째 시집을 준비하며 호주에 관한 시를 많이 썼다. 시가 좋아 시를 사랑하는 사람과 나누고 싶다. 이 시집을 읽는 동안 즐거움을 느끼고 행복하기를 바란다.

차 례

시인의 말

제1부 하모니 날

제2부 세상에 이럴 수가

제3부 인생: 한평생

해 설

제1부 하모니 날

하모니 날

우리 집 앞은 가톨릭 대학생과 초등학생의 등굣길이다
이곳은 스트라스필드 지역의 교육 중심이자
레인보우로리킷과 맥파이 새들의 천국이다

다민족 학생들은 자신들의 이야기와 엄마 아빠 친구
이야기를 하다가도 우리 집 앞에 오면
레인보우로리킷을 노려보며 잡아먹으려는
야옹이 큐티를 쓰다듬고 간다
큐티는 우리 집 고양이가 아닌데도
우리 집 현관 앞에 퍼질러 누워 잔다
지나는 학생마다 노랗고 하얀 고양이가 예쁘다고 만진다
"이 고양이 이 집 건가요?"
"아니야, 다음다음 옆집 고양이야
우리 정원에 꽃이 많고 유칼립투스 나무에도 꽃이 피어
레인보우로리킷이 날아오고 포섬도 많이 오니까
큐티는 주로 여기서 살고 있어"
어느 날 큐티는 새끼를 가져 배가 불룩해졌다
포섬을 잡으려다가 물려서 귀가 반쪽이나 잘려 나갔다
맥파이에게 쪼여서 피를 흘리기도 했어도
지나는 여러 사람의 손길을 좋아했다

언제나 혼자서 길을 걸으며

우리 집 정원에 뿌려 놓은 나뭇조각들 위에서

햇살을 맞으며 조용히 휴식하는 것을 좋아했다

갑자기 큐티가 우리 집 유칼립투스 나무 위로 올라갔다

레인보우로리킷을 잡으려다 떨어졌다

출산할 큐티의 부른 배가 출렁인다

나를 본 큐티는 사냥에 실패한 창피함 때문인지

눈을 아래로 깔며 야옹 한다

큐티의 새끼가 커서 우리 집 뒤 정원에서 잠을 자며 뒹굴

고 있다

　나는 몇 번 쫓아내다가 조금 안된 생각이 들어 그대로 둔다

　자기 영역을 지키느라 똥을 여기저기에 누는데

　잘못하여 밟는 날에는 몇 번이고

　"에잇! 저리 가 이놈의 고양이" 하다가도

　다음 날이면 귀여워 꽃밭에 그대로 둔다

아침이면 뎅그렁거리는 풍경 소리가

고양이 올 시간을 알린다

재잘거리며 집 앞을 지나던 아이들은

뎅그렁 소리에 맞추어 고양이 잠을 깨운다
3월 21일, 호주 하모니 날에 햇살은 맑고
풍경 소리는 고양이 소리와 어울려
여러 민족의 풍습을 서로 존중하고
모든 생명체가 하나로 어울리는
평화로운 세상을 알리는 듯하다

야옹야옹, 뎅그렁뎅그렁, 재잘재잘, 오잇 쪽쪽쪽.

새벽 기지개

어휴! 안개 낀 스트라스필드 알버트 거리
밤 별 발자국이 찍힌 거리
화요일 새벽에 쓰레기차가 덮고 간다
꽃잎마다 별빛 잔해
풀밭에 맺힌 이슬
처마 끝에 걸린 풍경이
시드니의 시詩 든 여자를 잠에서 깨운다

정원에는 레인보우로리킷
인디언 마이너 흰 앵무새의 아침 파티
푸른 잔디밭 사계의 멜로디가 어우러진다

4월은 우수수 바람 부는 가을
어디선가 낙엽이 서걱거리는 소리
할머니의 구수한 옛이야기가 속삭이는 듯하다
뜨락에 앉아 우롱차 한잔 마시며
그리운 할머니의 옛날이야기를
낙엽에 흘려보낸다
흘러가는 곳에 인연이 있듯
거리마다 얽히고설킨 인연으로 인사한다, Hello!

이웃에 아들 때문에 애를 태우는 여자가 있다

나도 한때는 그랬다

바람에 나무가 꺾인다 인연들도 모두 꺾어졌다

이른 아침 옆집 모린의 아들이 응급차에 실려 간다

청년 시절 오토바이 사고로 불구가 된 모린의 외아들

모린은 사랑스러운 눈으로 아들을 쳐다보며 "사랑한다, 아

들아"

"어제는 괜찮아서 보호소에서 데려왔는데 열이 많이 나네요"

기지개를 켜기도 전에, 아침은 우울한 풀잎으로 돋아나 있다

우울해서, 슬퍼서, 우스워서, 놀라서

모두가 아침을 여는 기지개다.

11월의 자카란다

자카란다 향기가 그리울 땐
청보라색 꿈꾸는 키리빌리로 달려가겠네
내 사랑 연인같이 향긋하고 포근한 꽃
그 꽃향기가 나의 몸에 날아오면
난 벌새가 되어 캉캉 치마 입은
자카란다꽃에서 꿀을 빨겠네
그 향기는 언제나 코끝에서 캉캉을 추고
햇살 가득 받은 청보라색 꽃은
나를 천국으로 인도하네

삶의 언덕 너머까지 기억하는 향기로
자카란다 거리는 시가 되고 노래가 된다네
우리 모두 자카란다 꽃잎 왕궁에서
황홀한 캉캉 파티를 즐기리
연인들은 자카란다꽃으로 덮인 푸른 잔디밭에서
보라색 카펫을 밟는 천국의 꿈을 꾸며
끊임없이 날아다니는
나비와 벌과 앵무새를 불러들여
뜨겁게 포옹하는 정열의 무대가 된다네

\>

가지에 흔들려 햇살에 감긴 청보라색은 눈부시고
꽃이 줄지어 늘어진 나무 그늘에 앉으면
싸한 바람과 향기가 거리의 사람들을 끌어들이네

키리빌리 바닷가 자카란다꽃과 함께
해 뜨고 노을 지는 저녁까지
세상 근심을 몰아내는 교향곡이 흐르면
가벼운 구름옷을 입기도 하고
후드득 빗소리에 꽃잎이 파르르 빙그르르
자카란다가 짓밟히는 슬픔을 들으며
아름다운 눈물이 흘러도 좋으리.

캐나다 베이 사적에서

언제나 그들은 흐르고 만날 것이다
긴 세월 고국 떠난 여자가
캐나다 베이 공원에서 사적을 보다 놀란다
대영제국 식민지 캐나다에서
프랑스 말을 쓰던 사람들이
독립운동하다 잡혀 호주로 압송되었다
그들은 콩코드 영국군 영창에 2년간 억류되었다가
캐나다로 돌아갔다는 내용이다
캐나다 베이, 강물과 바다가 만나는 그곳에는
머나먼 유형지에서 고단한 삶을 산
그들의 역사가 새겨져 있다

사적을 보다가
아기 워터 드래곤으로 생을 시작하며
긴 꼬리 시간을 짚고
쿠카바라 울림으로 하루를 여는 시간
새벽별 보며 우체국으로 달려갔던 그때를 기억한다
따뜻한 햇살에 모인 갈매기
강과 바다가 만나는 건너편에서
카누 타는 사람을 눈 시리게 바라보다

세월의 밀대를 본다

삼십오 년 전
맥쿼리 쇼핑센터에서 강도를 만난 기억
새로 산 빨간 스바루 자동차 유리문 너머로
담뱃불을 빌리자던 남자가 칼을 들이대며
"돈 내놔! 목걸이 빼!" 소리치며 윽박지른다
그녀는 죽음을 각오하고 영어로 조용히
그에게 말을 시키고 시간을 끌며
기회를 엿보고 있었다
강도가 잠깐 칼을 빼며 움직이는 순간
창문을 올리고 잽싸게 차를 돌려 도망쳐 집으로 왔을 때도
그녀의 다리는 마구 후들거리고 있었다
목에 팬 칼자국과 핏자국은 한 달이 지나도 지워지지 않았다

저 나무의 푸르던 이파리가
바스러진 낙엽으로 구르는 모습이 내 생으로 보인다
카누 타는 사람들이 젓는 노로 시간을 스캔하듯
생의 스위치는 한순간에 켜졌다 꺼지는 까만 재란 것을 깨
닫는다

강과 바다가 만나는 캐나다 베이, 죄수들이 머물렀던
오솔길을 걸으며 날카롭던 칼날의 아픔을
맹그로브 나무 진흙밭에 묻어 버리고 왔다.

슬픈 추적의 길 1

1905년~1972년까지 60여 년간 자라난
호주 애보리지니Aborigine* 혼혈 아이들은 도둑맞은 세대다
인구가 줄던 원주민을 정부가 보호하려고 나섰으나
그들의 역사와 생활은 점점 쇠퇴하고 있다
나라 빼앗긴 슬픔에 희망 잃고 현대 주류 사회에 적응 못 하는
그들은 휘발유 냄새를 맡으며 마약과 술에 취해 흔들린다

허허벌판에 나무 짚으로 엮은 움막, 동굴에서 살며
자연에서 얻을 수 있는 먹거리―bush tucker**―를 먹었다
썩은 나무속을 파먹고 사는 커다란 위체티 그럽***은 보드
랍고 우유 맛이 난다
사막에서 나는 작은 야생 토마토는 시고 달다
타조, 염소, 생선, 도마뱀도 먹거리다
태어나자마자 전생과 별자리를 알아내는 그들
몸에 도마뱀, 새, 뱀, 고기의 형상이 있으면
그런 동물은 절대 잡아먹지 않는다
옷은 나무 풀이나 짚으로 엮어서 아래만 가렸다
조상을 숭배하고 자연을 숭배하고 별자리를 보고 길을 찾
아가며
18살이 되면 자신의 생활을 혼자 찾아 나선다

>

비행기를 처음 보고 만든, 비행기가 떴다 내렸다 하는 춤
이 있다

기쁘거나 슬플 때는 하얀 돌가루를 갈아 얼굴에 칠을 한다

신께 자신이 희고 깨끗하고 거룩한 존재라 알리고

잡귀를 몰아내는 의식으로 왼발을 세 번 구르며 춤을 춘다

춤과 노래는 원주민의 거룩한 전통이요 생활이다

슬플 때는 막대기를 네 번 서로 부딪치고 바가지를 쓴다

즐거울 때는 디저리두 나팔로 박자를 맞추며 바람과 함께

신께 연주하는 소리를 내고 자신들의 위치를 알린다

맥쿼리 대학에서 그들의 의식을 같이 즐긴 적이 있다

지금은 다시 오를 수 없는 성지가 있다

에어즈 록 이라고 불렀지만

원주민에게 돌려준 뒤에는 울루루로 불린다

호주 대륙 한복판에 있는 울루루는 세계 최대 한 덩어리
붉은 바위산

시간에 따라 바위 색깔이 바뀌는 신비한 곳

울루루 근처에서 사람들이 길을 잃어 죽고

텐트에서 잠자던 아기가 호주 사막 개 딩고에게 물려 갔다

그곳에 가면 정신이 혼미해지는 사람도 있다

그래서 신이 산다고 원주민은 믿고 성스럽게 생각하는
산이다.

---

* 애보리지니Aborigine: 6만 년 전부터 호주 대륙에서 살아온 원주민
  (토레스 해협 제도 원주민을 포함한다).

** bush tucker: 자연에서 얻은 먹거리.

*** 위체티 그럽: 커다란 굼벵이처럼 생긴 나방의 애벌레로 썩어 가는
  유칼립투스 나무 속에 산다.

슬픈 추적의 길 2

부족마다 족장이 있고 말도 다르지만
부족끼리는 형제같이 지낸다
물고기를 많이 잡는 날이면 족장이 파티를 열어서
음식을 들에서 다 같이 구워 나누어 먹기도 한다
그런 생활을 하던 원주민을 처음 본 유럽인들은
검고 코가 크며 머리는 고슬고슬하고
옷을 입지 않은 그들을 원숭이로 불렀다

영국인들은 원주민 혼혈 아이를 사막이나 거리에서
총으로 위협하고 부모로부터 빼앗아 마구 잡아갔다
영국식 옷을 입히고 현대식 교육을 해
주류 사회에 편입시킨다는 핑계로
아이들을 백인 홀아비들에게 팔거나
백인 가정에 '입양'시켜 노예처럼 부렸고
백인과 결혼시켜 원주민 모습을 없애려 했다

원주민 어린이 수용소에서 동생 둘과 탈출한 몰리
둘째 여동생 그레이시는 잡혔으나
원주민 전문 추적자를 앞세운
백인 경찰의 추격을 따돌리고

2,400킬로미터 사막길을 토끼 방지 울타리를 따라
막냇동생 데이지와 걸었다
몰리는 90세까지 동생과 고향 마을에서 여생을 살며
우리에게 그들의 이야기를 들려준다

100년이 지난 호주에 여름이 오고
캔버라 국회의사당 앞에는
미안함과 사과의 상징으로 꽂힌
검고 빨간 태양 모양의 애보리지니 깃발이
슬프게 펄럭이고 있다
잡혀간 까만 아이들의 눈망울에 맺힌 눈물인 듯하다

꽃은 자신의 이름을 모르나
모양과 크기가 달라도 꽃은 꽃이고
향기가 달라도 꽃은 꽃이다
우리는 왜 여러 가지 꽃의 아름다운
실체를 제대로 보려 하지 않는가?

미래 우주 비행사

아이야 풀밭에 누워 구름을 혀로 핥느냐?
별을 따라 우주 비행사가 되는 꿈을 꾸겠느냐?
수성 금성 지구 등을 외우며 행성의 특성을
알아 가는 까만 눈동자 11살 JH
수줍음 많아 말도 못 하고 책도 못 읽던 너
우주보다 자신은 작다는 시를 써서 나를 놀라게 했지
지금 바라는 것이 뭐냐고 물으니
비틀스 머리로 기르고 싶다네

자연을 이야기하며 온난화가 심각하다고
재활용 시대가 와야 한다고
신던 신발 쓰던 물건을
재처리하는 공장을 세워야 한다고
너는 생각이 많은 소년인데
자연을 걱정하는 모습이
큰 나무로 자라서 하늘의 검은 구름을
날려 버릴 우주 조종사가 될 거야
아직도 푸른 바다 고래와 상어가
어망에 갇혀 죽어 가는 모습이 슬프다고
너는 말했지

＞

걷다가 다친 다리에 부목을 대고 온 JH

시드니 햇살이 맑은 날에는 풀밭에서

축구하는 너의 모습을 보고 싶다

밤마다 남십자성을 바라보며 꿈을 먹고

별을 연구하는 어린 소년

언젠가 우주 비행사가 되어서

저 하늘을 누비며 별을 탐험하겠지.

Terrigal 비치

20년 전 젊은 그이와 왔던 이곳
맑은 해와 파도는 오팔색으로 빛나고
출렁이는 여름 해변
Crowne Plaza Terrigal 호텔에 앉아
비틀스와 바브라 스트라이샌드를 부르는
젊은 남자의 노래를 들었지

우리는 황소 긴 꼬리에 매달려 주문했지
큰 접시에 담겨 나온 바닷가재는 붉은 옷을 입고
새우는 꼬부라져 지팡이를 짚고
오징어는 천사의 하얀 옷을 입었어
핑크 소스와 흰 소스를 뿌려 가며 맛있게 먹는데
접시에서 생선이 눈을 흘겼지
해초가 있는 곳으로 돌아가고 싶은지
묵언하며 누워 참선하는 중인가 봐

해변 길에는 카페, 튀김집, 중국집,
옷 가게가 늘어서 있었지
바닷가 산책길에는 2차 대전에서 전사한
병사들의 추모비가 행진하듯 서 있고

모래밭에 누워 빛나는 보석들
비키니와 수영복 차림의 연인들

이 나이 먹도록 그가 없었다면
저 푸른 바다가 무슨 의미가 있을까
외발뛰기로 홀로 가는 생을
묵묵히 연습하며 수많은 모래 속에
비밀 소원 하나 묻어 두고 왔다네.

Moreton Bay Fig[*]

남자는 타롱가 동물원을 돌아
크러모온 공원을 두 시간 산책한다

선착장에는
큰 배와 작은 요트가 여럿 있다
작은 해변에서 아이들이 뛰어놀고
반짝이는 모래톱 위로 작은 교회가 보인다
교회 돌계단 옆에는 모어튼 베이 피그가
굵직한 뿌리를 갈래갈래 내리고 있다
가지 사이로 긴 뿌리를 내려
피라미드 모양 나무 아래로
길게 뻗은 가지를 받쳐 준다
갈매기 코카투 인디언마이너 포섬
하얀 아이비스의 둥지가 되어 준다

반얀이라고도 불리는 이 나무를 보면
꼭 호주 이민 사회 같아 보인다
갖가지 새와 동물이 둥지를 틀고 함께 모이는 곳
밤이면 포섬이 모어튼 베이 피그의 노란 열매를
따 먹으려고 활발하게 움직이는 모습을 본다

>
하와이에서도 본 그 나무를 잊지 못하고 있는데
마우이에서 불이 나 백오십 년 된 반얀이
불에 탔다고 한다
탄 가지를 잘라 내고 물을 주고 정성을 다하니
다시 살아난다는 희망을 주는 고마운 존재다

그런 나무를 볼 때마다
100살 잔치 한 우리 절 보살들을 생각한다
절망 속에 희망을 주는
작고 노란 열매를 맺는 굵직한 생이여
우리의 생은 달라도 땡볕에 그늘이 되어 주는
모어튼 베이 피그는 지구를 품어 주는 지붕이다.

* Moreton Bay Fig: 일명 호주 반얀 나무(Australian Banyan). 하와이에
  서는 반얀 트리라고 함.

상어 아줌마, 고래 아저씨, 수다쟁이 쿠카바라

레인 코브 수영장에 거대한 몸을 뒤뚱이며
물속을 헤집고 들어선 상어와 고래
한나절 물 마른 몸집이 고통스러운지
물속에 들어가 첨벙인다
불룩한 배는 어느 바다에서
잡아먹은 고기와 해물인지
비릿한 내인지 아릿한 내인지 냄새가 고약하다

파도 타듯 빠르게 물속을 헤집다가
숨구멍을 열어 물을 찌익 날린다
옆에 있던 아저씨와 아가씨가
에잇! 불평을 토한다
들었는지 못 들었는지 배를 내밀고
첨벙이는 저 배짱은
태평양의 출렁이는 파도다
넓은 스파에 들어와 뿜어 대는
파도를 헤집다가 스팀 사우나로 들어온다

상어는 날카로운 이빨로 미소 짓고
고래가 출렁이는 배로 앉자, 의자가 아래로 휜다

옆에 앉아 있던 그와 내가 덩달아 흔들린다
갑자기 수다쟁이 쿠카바라가 들어온다
쿠카바라와 고래가 한 시간 넘도록 수다를 늘어놓는다
자고 일어나고 먹고 쇼핑하고 여행했던 이야기

매주 레인 코브에 갈 때마다 출렁이는 물속에
그와 나는 파도에 밀려왔다 밀려간다
넓은 바다를 멋대로 휘젓고 다니는
고래와 상어와 수다쟁이 사이에서
새우와 망둑어는 저만치 떨어져
폭풍에 쓸리지 않으려고
중심을 잡으려 안간힘을 쓴다.

공원 앞 아이스크림 차

　스트라스필드 공원 길목에 아이스크림 차가 일요일마다 서 있다 차를 타고 가다가 부드럽고 하얀 크림에 아몬드와 땅콩을 얹은 아이스크림을 주문한다 내 뒤에 뱀 꼬리로 줄을 서서 기다리는 아이들과 부모들도 아이스크림을 보며 침을 삼킨다 바람이 살랑살랑 불어와 미루나무 이파리가 길섶에 가득 쌓이고 줄 선 사람들은 나뭇잎을 밟으며 차례를 기다린다 생활고에 찌든 듯한 아이스크림 아저씨의 미소가 친근하다 얼마인가요? 6달러예요 동전을 짤랑이며 그에게 건네주는데 돈을 받는데, 그의 손이 의수다 그는 돈통에 돈을 집어넣는다 그의 여자가 돈통을 들여다본다

　살랑대는 나무 그늘에 자리 잡고 혀를 내밀어 아이스크림을 핥아 먹는 아이들과 부모들 입술이 하마 같다 달콤한 맛 부드러운 맛 혀로 음미하며 행복해 보인다 아이스크림 아저씨 오늘은 다 팔렸다고 붕붕 저렇게 6불짜리 몇 개를 팔아야 가족의 생계가 유지될까? 호주에 이민 온 지 얼마나 되었을까? 갑자기 내가 처음 이민 와서 주말에 전단과 신문을 수백 장씩 돌리고도 겨우 30불을 받았던 기억을 더듬어 본다.

기차 안에서, 쉿!

그룩그르루 할루랑 말루랑 쎈때가리 마찰루랑

도대체 알아듣지 못할 말로 전화기에 대고

한 남자가 긴 의자에 혼자 앉아 소리친다

기차 안에 있는 사람들이 듣거나 말거나

혼자 웃고 떠들며 손짓발짓 다 한다

시장 좌판에서 물건 파는 사람이 서러워 울고 가겠다

왼쪽에 앉아 전화기에 대고 떠드는 남자에게

오른쪽 앉은 그녀가 눈을 흘긴다

여전히 히히 히히 웃고 떠드는 그 남자

기차가 자기네 안방인 줄 아는 그 남자

보아하하하 낄낄낄…… 검은 얼굴 곱슬머리 살찐 통통한 배

그녀는 도저히 못 참고 일어나 내리려다

기차가 덜커덩 움직이는 바람에

남자의 무릎에 넘어져 안긴다

"기차 안에서 소리가 너무 커요"

여자는 그룩그르루 할루랑 말루랑 쎈때가리 마찰루랑

그의 말을 흉내 낸다

남자는 미안하다는 말 대신 여자에게 눈을 흘긴다

여자는 목적지에서 얼른 내리려다

남자에게 미소를 지으며

Not TOO loud, please. Bye!

왓슨스 베이

햇살 따가운 오후

모래 위에 앉은 호주 여자가 자꾸 공을 바다로 던진다 파도가 치는데도 공을 잡으려고 깊은 곳으로 뛰어든 개는 수영 선수다 보트에 금빛이 눈부시게 부서진다 아이들과 수영하던 여자들이 젖꼭지가 다 비치는 G-string 비키니만 입고 바닷가 앞 왓슨스 베이 호텔 레스토랑으로 들어온다 왁자지껄한 점심시간, 칵테일을 마시고 해산물 요리와 샐러드를 먹으며 즐거워하는 모습이 바닷가의 금빛을 옮겨 놓았다

걱정이 없을 사람들 웃고 떠드는 밝은 모습 바닷가에는 한 남자가 서서 카누 타는 모습을 동영상으로 찍고 있다 남자는 깊은 물속으로 넘겨졌다 일어나 카누에 올라타기를 반복한다 모든 걸 잃어버리고 스스로 깨쳐 다시 일어나는 사람의 모습이다 순간 파도가 모든 것을 쓸고 간다

그녀와 남자는 공원에 앉아 갈매기의 날쌘 동작을 본다 그녀가 던진 감자칩을 뺏어 먹으려 한다 민생고를 스스로 해결하는 갈매기와 그녀가 같다 아름답고 부유하고 자유로운 이곳에서 그녀도 먹고 마시고 떠들다가 한가하게 갈매기와 친구가 된다 차라리 갈매기가 되어 왓슨스 베이에 살면

서 늘 호사를 누리고 살고 싶은 생각에 잠시 빠진다 금요일 오후, 밀려오는 파도 따라 페리가 들어오고, 사람들은 배를 타려고 구불구불 긴 줄을 선다 앞에 크리스마스를 설레며 기다리는 듯 산타 모자에 산타 귀걸이를 한 사람들이 보인다 멀어져 가는 빌리어네어 부촌의 집들이 한 편의 동화책 그림이다 한낮의 왓슨스 베이에서 그녀가 잠시 초록빛 바닷물을 머리에 물들이고 온 것일까? 부족함 없던 잠깐의 시간이 한 장의 추상화가 된다.

땅콩 토핑 크림

나무 사이를 날던 맥파이와 갈매기가 사람들 위로 날아
오른다
저 멀리 보이는 돛단배 하얀빛이 윤슬로 빛나고
파도는 왔다 갔다 흰 모래에 적신 그리움의 손수건
아이들이 떠들고 수영복 입은 연인들
입술에 하얀 크림 자국이 묻은 채 키스한다

그녀는 바닷가 벤치에 앉아 아이스크림 트럭을 본다
아이스크림 트럭으로 가서 더블 땅콩 토핑을 주문하여
달고 고소한 아이스크림을 핥는다
남자에게 먹어 볼래?
엉, 한 입만이면 혈당은 괜찮을 거야
그렇게 좋아하던 아이스크림이 이젠 빨간 신호등이다

쌕쌕이가 하늘을 날며 구름 사이로 하트를 그린다
저 하늘에서 사랑을 전하는 이는 누굴까
천천히 음미하며 오래도록 혀의 단맛을 느끼고 싶은 그녀
저 물결에 밀려오는 하얀 거품에서
빠르다가 느리고 고요하다가 으르렁거리는
파도에 뒤엉켜 그들은 살아왔던가

\>

더블 땅콩 토핑 아이스크림을 천천히 핥으며
인생을 살아온 그녀와 남자
이제 아이스크림도 그만 먹어야겠다, 남자를 위하여
오팔색 파도에 갈매기가 되어 오래 울고 싶은 여자
머리가 파뿌리가 되어 갈 여자
땅콩 토핑을 핥으며 복잡한 생각을 녹여 버린다.

시드니 올림픽 공원 브릭핏 구름다리

연두색 둥글게 이어진 구름다리 아래에 저수지가 있다
흰 부리 까만색 물닭과 오리 떼들이 산다
다리를 걷다 보면 스피커에서
개구리 소리 두꺼비 소리가 들리는데

깊게 파서 벽돌을 만들다 저수지가 된 곳
다리 아래 저수지 위로 오래된 폐타이어
벽돌 만들 때 썼던 굵은 톱니
백 년 전 유럽 이민자들의 일터였던
낡은 집들이 드문드문 있는데

먼지를 뒤집어쓰며 벽돌을 만들던
유럽인들은 다 시골 공장으로 갔을 텐데
올림픽에 이어 2006년에 새로 만든 이 다리에
유럽인들의 아우성이 저수지 속에
숨겨 둔 옛이야기가 되었는데

햇살이 내리는 저 너머에는 올림픽 경기장이 보이고
군데군데 돌산을 깎은 둘레로
유칼립투스 오솔길이 길게 뻗어 있고

맥파이, 아이비스 새가
나무 사이로 바람을 타는데
나는 그때로 돌아가 다리 아래에서
벽돌공들을 만나는 상상을 한다
땅을 파고 흙을 이겨 불 속에서 벽돌을 만들던 일꾼들
동전 한 닢에 새겨진 영국 여왕을 만나려고
이마에 흐르던 땀방울이 저수지 되었나
고달파 흐르던 눈물이 땅으로 스며들어 고였나
브릭핏 구름다리 아래 소리치며
벽돌을 큰 트럭에 싣던 노동자들이
저 아래 물속에서 흐느적대는 듯한데
또다시 보고 싶고 듣고 싶은 그들의 이야기.

그럭저럭 하루

1.

하루를 맞이하는 아침
나무에 걸린 시계추
허리가 기역 자로 굽은 앞집 노인
지팡이 짚고 곧은 발걸음으로 걸어가네
언덕길 헉헉대고
낭떠러지 길 살금살금
장바구니 끌고 버스 정류장에서
시간이 되어야 오는 버스를
십 분 넘게 기다리며 목을 빼다가
스트라스필드 찌는 더위에
쪼그라진 손수건 꺼내 땀을 닦네

2.

돌아오는 버스에서 버저를 누르고
알버트 로드 집에서
정원 돌보는 영감 보고
미소 짓는 꼬부랑 할매
팥죽 할매 주름진 눈매가 아기 얼굴이네
잔디 깎으며 웃어 주는 영감

바람에 땀방울 씻으며
매미 소리 멍멍이 소리 들으며
노랗게 익은 오렌지 따서 할멈에게 주네

뉘엿뉘엿 해가 저물면
얼금설금 저녁 준비 바빠지고
스테이크 한 조각
시금치 로켓 토마토 올리브 바질에
레몬즙 섞어서 한 상 차리면
쿠카바라가 저녁 시간 알리고
아이비스 새가 떼구름 사이로
황홀한 노을을 비켜 둥지로 날아간다

구순 할매와 할아범은 차 한 잔 앞에 놓고
달링 오늘도 행복한 하루였소
입 맞추며 달님이 열어 놓은 어둠을 누인다.

Birkenhead Point 쇼핑센터

40년 전 처음 이민 왔을 때
이곳은 소고기와 양고기 돼지고기를
도매하는 마장동 고깃간 같은 곳이었다
중국 사람 중동 사람 호주 사람 한국 사람
다양한 배경을 가진 사람들로 북적였고
25불이면 쇼핑 카트 한가득 고기를 살 수 있었다

지금이야 쇠고기 1킬로 한 덩어리에 20불 넘게 하지만
그때는 호주 사람들이 먹지 않는 소꼬리는 공짜로 얻었고
돼지 족발이나 우족도 거의 공짜나 다름없는
기분 좋은 쇼핑센터였다

40년이 지나서 다시 와 보니
그런 미트 마켓은 서쪽으로 옮겨 가고 없다
쇼핑센터 앞으로 멀리 부자촌이 보이고
바로 앞 바다에는 호화로운 보트들이
즐비하게 정박해 있다
쇼핑센터는 옛 벽돌 건물을 살려
운치 있고 깔끔하게 새로 지었다
롯데마트처럼 예쁘고 우아하게 장식한

옷 가게 카페 식료품점 식당이
휘황찬란하게 늘어서 있어 눈이 휘휘 돌아간다
오랜만에 호사스러운 쇼핑을 하고
카페라테 한잔을 마시며 바다를 바라본다
추억도 함께 마시며 바다의
파란 마음을 담고 온다

힘들고 고달팠던 젊은 날을 상기하며
푸른 바다를 날아다니는 갈매기가 되어
파도에 발을 담그며 나는 내일을 향한다.

오래된 신전의 거리
—리스고우와 바써스트

1820년의 도시로 가 본 적 있는가?

거기에는 여자들이 대낮에 긴 드레스에 망토를 걸치고 양산을 돌리며 걸어가고 있어 보도 옆 도로에는 마차를 탄 신사들이 시가를 입에 물고 점잖게 말을 몰고 있고, 오래전 올림픽 육상 선수의 동상도 있고, 거리에는 다음 주에 서커스가 온다고 떠드는 샌드위치맨이 가슴과 등에 보드를 달고 다니지

개구쟁이 아이들이 부활절에 받은 둥근 사탕을 입에 물고 뛰어다니고, 멋쟁이 아줌마가 하얀 털북숭이 개를 끌고 엉덩이를 휘날리며 보도블록 위를 걷던 곳에 가 본 적이 있는가?

그곳에는 멋진 옷 가게와 곳곳에 미장원과 이발소가 있지 다운타운에는 여러 가게가 아주 멋들어지게 늘어서 있고, 오래된 교회에는 고장의 동물과 생물의 생태를 잘 정리해 둔 박물관이 있어 그 옆에는 아주 고급스러운 카페가 있고 레스토랑도 있는데 올드 파파와 올드 마마들이 와서 먹고 떠들기도 하지 맥주를 파는 호텔 앞 길거리에는 식탁이

여럿 놓여 있어

　바로 호주 시드니 블루마운틴스 가까이에 있는 리스고우와 바써스트야 나도 1820년대의 역사가 그대로 남아 있는 이곳에서 타임머신을 타고 우아하게 역사의 흐름에 맞춰 춤추고 있는 것을 느끼고 있다우 세월은 가도 올드 타운의 거리에는 역사에 묻힌 추억이 되살아나 나를 흥분케 하지.

A Shopping List

수요일마다 그들은 이곳저곳으로
유명 마켓을 찾아간다
참기름, 들기름, 올리브유, 연어, 흰살생선
닭고기, 돼지고기, 양고기, 쇠고기
상추, 오이, 버섯, 우유, 겨자 소스, 발사믹 소스
포도, 레몬, 토마토, 바나나, 아보카도, 아몬드

트롤리에 가득 담아 일주일 먹거리 장만
최고의 부자가 된 그들
마음은 흐뭇하고 또 살 것이 없을까
한국 식품점을 돌아본다
시드니에서 산 지 어언 40년이 되었어도
늘 기본 먹거리, 쓸만한 생활용품은
비싸도 한국산을 사게 된다

간혹 바닷가 쪽 버큰헤드로 가면
그들은 젊었을 때 연인으로 돌아가
카페라테와 롱블랙 커피를 마시며
가볍게 출렁이는 바다에 정박한 보트를 바라본다
요트를 타고 타스매니아로

항해하는 상상도 하면서

순간 해는 저물고 바닷가 노을에
붉은 물감을 뿌려 놓은
호주의 가을 쇼핑센터에서
쇼팽의 음률이 흘러나온다
가을은 그들의 등을 토닥이며
자 오늘도 하루해는 지고 있소
오늘은 쇼핑으로 훌륭한 마침표를 찍었소

쇼핑을 쇼팽의 음률로 마무리하며
그들은 발걸음도 가볍게 집으로 향한다
리듬에 맞추어 레드와인이
기다리는 붉은 노을 속으로.

내가 살던 동네

1983년 10월 이민 가서 처음 살던 거리는 워털루 로드다
유닛의 창밖을 보면 넓은 잔디 공원에
하얀 코카투 앵무새, 핑크색 갈라 앵무새
무지개 새들이 잔디밭에 앉아서 모이를 찾고 있다
건너편에는 맥쿼리 대학교 목장이 있어
말들이 끼리끼리 모여 있다
길가에는 유칼립투스 나무가
껍질을 하얗게 벗기고 있다

공원을 지나면 헬스장과 스파
크리켓장 외과 약국 마켓이 있다
식료품을 사러 가면 이탈리아인 주인과 Hello 한다
쇼핑하고 온 어느 날 오븐에 고기를 넣고
요리를 하는데 남편이 돌아온다
문을 열고 아이와 함께 밖으로 나왔는데
그만 아파트 문이 내 뒤에서 잠겨 버린다
열쇠를 안 가지고 나왔으니, 집으로 들어갈 방법이 없다
저녁으로 먹을 스테이크 타는 냄새가 밖에서도 난다

이런 일을 처음 겪어 보는 우리는

아래층 심슨 할머니네 문을 두들긴다
할머니는 걱정하지 말라며
자물통 따는 록 스미스에게 전화를 해 준다
할머니의 자상하고 친절한 마음에 감사하니
자신이 도울 수 있어 기쁘다고 한다
뚱뚱하고 뒤뚱거리는 심슨 할머니
날개 단 천사다
만나면 늘 미소 짓고 빨래터도 가르쳐 준다
덕분에 호주의 유닛 생활이 낯설게만 느껴지지 않는다
빨래터에 가면 늘 햇살을 즐기는
외할머니 같았던 심슨 할머니
이제 천사가 되어 천국에서도
친절을 베풀며 미소 짓고 있을까?
세월이 가도 그리움의 사슬은
늘 기억 속에 살아 있다.

제2부 세상에 이럴 수가

시와 종교 2

고통과 시련으로 가슴에 든 멍을 씻어 주는
시는 훌륭한 마음의 의사
무언가 될 듯 안 될 듯할 때의 괴로움이
무無 자의 깊은 화두가 되어
참회의 순간으로 깨달음을 구하네

봄날 꽃잎이 지고 말라도
봄바람은 다시 찾아와
다시 꽃을 피우고
나비로 다가와 시의 향기를 풍기네
때론
울긋불긋 가을바람에
귀뚜리 소리가 눈물짓게 하고
하얀 눈발이 날리는 겨울에는
외로움에 시를 쓴다네

보고 읽고 듣는 시구절마다
생겨났다 사라져도
깨달음이 되어
생의 길잡이로
승화하는 펜 끝에서
시가 나의 종교라네.

사랑과 전쟁

1.

우크라이나인 A는 한국에서 대학을 다녔다 그녀는 같은 과의 K를 사랑했다 우크라이나에서 전쟁이 나자, A는 고국으로 떠났다 전쟁이 끝나면 A의 아빠 엄마와 함께 한국으로 돌아와서 결혼식을 하자고 굳게 약속했다 한 달 만에 그녀와 화상 통화를 했다 K는 A의 아빠 엄마와 인사를 나누고 둘은 뜨거운 눈물을 주고받았다 A의 아빠 엄마는 르비우 고장을 지킬 거라며 폭탄이 날아드는 고향에 남겠다고 했다 전쟁은 더욱 격심해졌고, 그녀에게서는 소식이 없었다 K는 방송에 나갈 다큐멘터리를 찍기로 하고, 폴란드 국경 도시 프셰미실로 날아가 거기서 그녀를 만나기로 했으나, 르비우 폭격으로 그녀는 국경을 넘을 수가 없었다 K와 A가 만나기로 한 날에서 사흘이나 지났고 속이 탔다 프셰미실역에는 이 고장 사람들뿐 아니라, 우크라이나에서 전쟁을 피해 넘어온 사람들로 들끓었다 피난민의 모습이 한국의 6·25를 연상하게 했다 K가 A를 기다리며 만난 우크라이나 청년들은 폴란드 국경을 넘어 고국으로 돌아가서 러시아군과 싸울 거라고 했다

>

2.

약속보다 4일이 지나서야 "프셰미실역 앞에서 만나자"라는 문자가 그녀에게서 왔다 마침내 피난민을 가득 실은 기차가 도착했고 A가 나타났다 K가 A에게 한국으로 돌아가자고 했다 그녀는 미안하다며 말했다 "지금은 못 가요 엄마 아빠와 가족을 돌보아야 해요" 전쟁이 끝나면 아빠 엄마와 함께 한국에 가서 결혼하자고 다시 약속했다 K는 당황했다 전쟁도 막지 못하는 그들의 뜨거운 가슴은 총 맞은 부상병이었다.

할로윈 그날에

2022년 10월 29일 해밀톤 호텔 골목
할로윈 즐기러 친구들과 갔던 그곳
이유도 모른 채 깔려 죽어
별이 되어 버린 159명 아들딸의
행방을 찾아 사방팔방 헤매던
부모들의 울부짖음을 어찌 잊으랴!
아직도 침대 위에는 아들딸의
체취가 남아 있구나, 지금도 달려와
어머니 가슴에 와락 안길 듯
살아 있는 숨소리가 들리는 듯하구나

그날 밤 집에 돌아오지 않은
아들딸의 신발, 책가방, 컴퓨터, 게임기를
버리지 못하고 아이들의 사진만 바라보는 부모들
갑자기 압사라니 이게 웬 청천벽력이란 말인가?
살아서 큰 꿈을 펼쳐 갈 젊은 아들딸의
웃는 소리, 장난치는 소리, 전화 소리
다시는 들을 수 없지만
부모들에게는 잊지 못할 환영으로 남아
끊어질 듯 끊어지지 않는 대금 가락으로

생생하게 들려오는구나!

울긋불긋 가을 단풍이 슬픔을 달래지 못하고
산마루에 이지러진 달은 구름에 숨었다네
해 뜨는 수평선 파도 소리조차 한이 서렸는지
해를 보며 철썩철썩 모래톱을 치는구나!

별로 태어난 젊은이들 반짝이는 영혼이 되어
언제나 이 나라를 내려다보리라!
민중을 위한 경찰은
오직 나라 우두머리만 바라보는 꼭두각시였나?
시민을 보호하지 못하는
나라를 우리는 어찌 믿으랴!
나라여!
억울하게 죽은 아들딸과 가족의 한을 풀어 주어라
그들의 영혼이 폭풍에 더는 울부짖지 않게 하라!

무궁화 이제는 피어날 때

일본 순사에게 쫓기고 쫓기어도
무궁화는 피고 지고
독립투사 핏빛으로 물든 무궁 무궁화
해거름에 오므리고 고개 숙여 겸손한 네 모양
역사의 뒤안길에도
동틀 녘에도 피었다네

위안부로 잡혀간 어린 처녀들 피 흘리며
정절 빼앗겨도 피어난 꽃
나라말과 글을 빼앗겨도
가네모라, 와타나베로 이름 바꾸기를 강제해도
피어난 무궁화

암울한 겨울 어둠 속에서
방황하던 시대에도
유관순 독립 만세 외침에
굳세게 활짝 핀 일편단심 무궁화
울 밑에서 변함없었다네

경찰 공무원 시아버님 퇴직하던 날

훈장을 가슴에 안고
한평생 바친 공로
금빛 무궁화 반짝이네

남대문 큰 텔레비전
시드니 올림픽 야구 중계
"대~한~민~국, 짜악 짝! 짝짝짝!" 승리의 함성 엄마 소식
떨어져 짓밟히고 가슴에 맺힌 한 많아도
꽃술 둘레 하얀 백의민족, 핑크빛 무궁화.

통도사에서

템플 스테이를 예약하고 그이와 나는 통도사에 갔다
사천왕의 부릅뜬 눈 위로 지국천 막대기가
몰랐던 죄를 묻는 듯하다

법고는 찬 새벽바람 사이로 어둠을 뚫는다
저 지붕 위에 매달린 풍경 바람에
가벼운 신발을 끌고
이리저리 끌려다니는 나는 누구인가
나의 마음을 단춧구멍에 채울 수 있을까

고즈넉한 절 마당에 꽃이 만발하고
무르익은 봄 향기가 색색 바람으로 일렁인다
관세음보살 앞에 엎드려 참회한다
말하지 못하고 괴로웠던 날들
하얀 구름으로 다가오네
관세음 관세음 관하라는 그 부드러운 음성
내 눈에 진실의 구슬 흐르게 하는
저 높고 높은 곳에서 내려오는 분
오색 바람으로 다가와 내게 참다움을
전하여 주는 관세음보살

\>

신묘장구대다라니를 천만 번 외우면
통도사 자락에 숨은 날카로운 눈과 발톱이
범상으로 나타날까
졸졸 흐르는 시냇물은 구겨지고 흩어진
마음을 한곳에 모아 주는구나!

일산 호수공원에서

호수를 둘러싼 벚꽃들이 수다스럽다
오솔길에서 팔짱 낀 연인들 머리에
벚꽃 이파리 팔랑거린다

예쁜 귀신 이야기가 흘러나올 만한 곳
저 벚꽃은 천상에서 죄를 지어
이파리 풀풀 날리며
길 위에 가라앉아 발길에 짓밟히고
빛으로 환생하여 천수보살 만나려나

연분홍 꽃잎에 감추어진 시구
꽃 이파리에 적어 보내려 날리나
벚꽃이 줄지어 활짝 피었어도
봄은 오고
봄은 가는데

나도 그 길 따라
세월의 흰머리 벚꽃에 날아가네
언젠가 레퀴엠이 내게 들려오더라도
벚꽃 길 시간의 터널이

환하게 보일 때까지 걸어 보리라
일산 호수공원의 화려한
꽃 이파리로 다시 살아나
환희의 송가가 울려 퍼지게 할
벗꽃 송이로 피어나리라!

시드니의 1월 빗줄기

양철통 두드리는 소리 심술 난 처녀 볼때기다
어쭈구리, 깨어난 여자가
점심 감자알을 입에 문 볼때기다
팥쥐가 찰떡 씹어 넘기는 소리다
녹슨 가마솥에 불 때는 소리
부지깽이로 쿡쿡 아궁이를 찍어 대는 소리다

뜨겁게 타오르던 정열의 행위가 눈을 뜬다
하얀 아이비스 새와 검은 맥파이가 빗줄기 틈새로
날개를 거세게 퍼덕이며 바람을 타고 가는데
나무와 가지는 빗줄기 문을 열어 놓고
소리를 들으며 하늘을 쳐다본다

학교는 방학이라
우산을 쓰고 가는 아이들이 없다
검은 구름이 하늘에 무늬를 이루고
우중충한 시간을 요란한 소리로
심술 난 고개를 내밀어
짱구의 머리통을 흠뻑 적신다

\>

쿠카바라 웃음소리, 빗소리가

멈추지 않아도 내게

우산이 되어 줄 사람만 있다면

내 맘에 퍼붓는 빗속을 빨강 노랑 초록

우산을 받쳐 들고

양철 지붕 아래로 들어가리라.

맨리의 푸른 출구

거기 바라봐 바다로
모래 속에 갇힌 조개껍질 아우성
초록 풀밭에 누운 젊은 가슴 가슴이 닿아서
나무 밑에 햇살 피해 누워 있는 노랑머리 까망 머리
몰려오는 파도 거품 속
물개들이 하얀 이를 드러내고
젖은 모래 위로 쏟아져 나오더라
모래사장에는 발자국이
앞서거니 뒤서거니 비치파라솔에서는
바비큐 냄새가 바람에 날린다

뜨거운 햇살이 파도에 부딪히면
아이들이 즐겁게 소리친다
지금 막 잡았다는 바닷가재가
온갖 힘을 다하여 허리를 굽혔다 폈다
손에 꽉 쥔 뚱보 아저씨
바닷가재가 꼬리로 안간힘을 쓰더라
노랑머리 여자가 바다로 풍덩
들어가 카누 위로 오른다
카누 가장자리가 둥글둥글

파도에 따라 펄떡펄떡
그 여자도 전생에 바닷가재였을까

바닷가에서 그림을 그리는 남자
담배 연기를 뿜어 구름 낀 수평선에
노을이 붉게 취해 있더라

그들이 떠난 모래밭에는
아이비스 새가 쓰레기와 뒤섞여
성을 쌓을 듯 우글거리고
깡통 병 음식물로 쌓인 바닷가 풀밭 공원
풀밭까지 밀고 올 듯 철썩이며
푸른 출구 찾아 나온 용왕님
세찬 파도 타고 청소하러 왔다메.

물과 같은 마음

샘물은 본래 맑고
옥구슬 굴러가듯 하다가
폭포수에 흐르는 물줄기를 보면
전장의 아우성 소리로 떨어지더라

인간이 훼손한 자연에는
붉은 물줄기가 강물로 모여
사나운 황소 떼 달리는 소리가 나더라
물이 본래 성품은 착하여
때 묻은 몸과 더러운 옷을 깨끗하게
닦아 주는 어머니 선한 손길이더라

물은 인간을 원망하거나 헤치려 하지 않지만
폭풍이 몰아칠 때면
인간들에게 죄를 묻더라
때론 술 취한 듯 흔들거리고 출렁이다가도
사람에게 정갈한 명언을 주더라

어둠 속에 고인 해골 물을 달게 마시듯
누구를 원망하지 말고

죄를 용서하란 뜻을 주더라
보배 같은 맑은 물
깨끗하고 오염되지 않는 물을
오래 간직할 수 있도록 물을 아끼고
더러움을 맑게 하는
물을 가까이하며 닮고 싶지 않은가?

아홉 살 적 트라우마

작은 소나무는 흔들리지 않으려고
바람을 멀리했다
순하고 맑고 여린 잎으로
늘 초록색을 띠고 있었다

나무가 아홉 살이 되었을 때
이웃 동네 나무꾼이 와서
도끼로 어린 가지를 찍어 내자
붉은 송진이 흐르는 아픔을 보였더라
잘린 가지 상처에
잎이 다시 돋아나고
몸집은 커졌지만, 사람들이 가까이 오면
늘 불안에 떨며 바람 따라 흔들렸다

뉴스에 어떤 이십 대의 여인이 아홉 살 때
옆집 친구 아버지가 그녀를 성추행했다더라
그녀가 매일 피를 흘리는데도
친구 아버지는 '쉿! 아무 소리도 말아라
그러면 너희 가족 모두 죽여 버릴 테다' 위협했다더라

\>

세월이 흘러 그녀가 성인이 된 후에도
어릴 적 악몽과 발작 증상은 멎지 않았고
모든 남자가 친구 아버지 같아 보였기에
아이를 낳고 살아도 정상적인 결혼 생활은 힘들었단다
마침내 그녀는 친구 아버지를 찾아가
칼로 그의 성기를 찔렀다

'마지막으로 할 말이 있느냐?' 묻는 판사에게
'사람을 죽인 게 아니라, 짐승을 죽였다'
그녀는 판사에게 흐느끼며 진술했다
판사는 그녀에게 보호 관찰과 심리 치료를 명하고
징역 3년 집행 유예 3년을 선고했다

과연 법은 그녀에게 공정했을까?

세상에 이럴 수가

뉴스에 이란과 이스라엘 사태로 어수선할 때다

시드니 본다이 정선에서 정신 질환 남자가
칼을 휘둘러 6명이 죽고 12명이 다쳤다
신고를 받은 당직 여경이 총으로 범인을 쐈다
범인의 손에 죽고 다친 자들만 너무 억울하다

안타깝게도 9개월 된 아기가 부상을 당하자
엄마 애쉴리 구드가 아기를 감싸안았다가
엄마는 범인의 칼에 찔려 죽었고
아이는 수술 후 살아남았다
아이를 위한 자선 모금에서 65만 불 넘게 모였다지만
싱글 맘이 기르던
그 아이는 누가 맡아 기를까?

세상에 이럴 수 있단 말인가?
우리는 어떻게 이 무서운
세상을 이겨 나갈 수 있단 말인가
모두 제정신이 아니다

>

돈 돈 돈 하다가 미쳐 돌아가고 있는 것은 아닐까?
이권 다툼과 정신적 고통은
인간이 살아 있는 한 없어지지 않을 것인가?
토끼보다는 거북이로 살기를 기도한다
요즘은 뉴스 보기가 두렵다.

자연재해와 전쟁

우리가 서야 할 지구는 어딜까?
바다에는 죄 없는 생물이
인간이 버린 그물과 낚싯줄에 엉켜 있고
공장의 독극물이 강물로 흘러들어
죄 없는 물고기들이 죽어나가면
오염된 물은 누가 마실까

중금속에 오염된 황사가 불어오면
미세먼지는 인간의 호흡기에 스며들고
차에서 나오는 매연은 맑은 공기를
흐리고 있으니 어찌하랴?
지구가 세모로 기울고 있는 건 아닐까?

오염으로 뒤덮힌 지구에서
핵폭탄이 무서워진다
인간들이 만든 죽음의 사잣밥을 서로를 향해 겨눈다
러시아의 우크라이나 침공, 하마스의 이스라엘 기습
이스라엘의 반격, 팔레스타인인들의 울음소리
뒤에서 부추기는 이란
이스라엘과 우크라이나 편 드는 미국과 서방

세상을 전쟁의 공포로 몰아넣고 있다

풀숲에서 들려오는 벌레 소리
눈비 오는 산과 들에서 바람 소리
바닷가 파도 소리 들으며
살고 있을 인간들이여
욕망을 버리고 루소의 말에 귀 기울이면 어떠리
전쟁과 재난 없는 평화로운 세상에서
순수한 사람들과 어울려 살고 싶다
한마을 한 가족이 되어 꽃이 피면 꽃을 보고
낙엽 지면 오색찬란한 가을을 보고
시시각각 사철 변하는 색과
수평선에 떠오르는 해오름을
시간의 베개로 삼으며
떠오른 태양을 가슴에 담자.

기후 변화와 대기 오염

사는 데 편한 것만 찾는 현대인
산업 발전으로 피폐해진 땅덩어리
봄에는 안개 낀 거리에 황사가 뒤덮고
고속도로를 쌩쌩 달리는 자동차는
매연을 내뿜는다
밤하늘에 은하수 별을 보면서
길을 따라 걷던 내 어린 시절
이제 하늘도 별도 없이 검은 구름으로 가려졌다
강물이 오염되어 고기들이 병들어 가고
농작물은 농약에 절어 우리 몸도 중독되었다
홍수가 나거나 태풍이 불 때는
자연의 재해를 지키지 못한
나약한 인간들의 울음이
오염으로 넘치는 강물 따라 흘러가는구나
공장 폐수, 가정용 세탁제, 농업용 비료
현대 화장실에서 흘러나온 오물로
뒤섞인 강물을 정화하여 먹는 물로 쓴다지만
우리는 결국 쓰레기에서 나온 폐수를 마시는 게 아닌가
청결하다고 안심하고 마시는 생수도
미세 플라스틱으로 넘친다고 하지 않는가

>

또 핵발전소는 얼마나 위험한가
후쿠시마 쓰나미로 우리는 방사능에 오염된
해산물을 먹으며 우리가
오염된 것도 모르고 살고 있지 않은가
인공위성으로 우주를 자세히 관찰하는 세상이지만
한편으로 새로운 세상을 열게 한
아인슈타인과 세계적인 과학자들이 원망스럽다
온난화로 저 북극의 얼음이 녹아 가고
남극에서는 수백만 년 된 빙하가 갈라져 빙산으로 떠간다

호주에는 겨울도 없어져 간다
1987년 겨울에는 땅바닥에서 얇은 얼음을 볼 수 있었다
우리는 얼마나 더위 속에 살아가야 하는가
루소는 아마도 인간의 근성을 알았던 게 아닐까?
논밭에서 메뚜기 잡고
황새가 노니는 개천에서
미꾸라지 잡던 어린 시절이 다시 올 수 없을까
아침이면 햇살에 기대어 이슬 머금은
나팔꽃이 피어나면 좋겠다
우거진 나무 사이로 산까치와 부엉이와

직박구리와 사슴과 토끼들이 뛰어다니고
아이들이 해맑게 뛰어노는 모습이 보고 싶다

싱가포르에서는 가열한 쓰레기로 전기를 만들고
나머지 잿더미로 길가에 까는 벽돌과
바닷가 방파제를 만들어 쓴다
호주 뉴질랜드 푸른 초원에서
소 떼들이 노니는 것도 본다
지구는 아직 살아 있다
주렁주렁 열린 포도를 보면서
붉게 물든 저녁노을이 장미주를 뿌린 듯
세상은 아름답고 안식을 주는
깨끗한 자연 품속이 우리의 희망이다.

Possum의 사랑

포섬 한 마리 쓰러져 있다
달리는 차가 뭉개고 지날 것이다
어젯밤 벼락 치던 때
사랑을 찾아
전깃줄을 타고
수놈은 생을 마감했다

구름 같은 사랑 이야기 하나 남기고
암놈의 가슴에 눈물 하나 떨구었으리

사랑은 사랑은 봄날의 목련꽃이다가도
절벽으로 떨어지는 이별의 폭포다

삶 뒤에 칼을 들이대고
포섬의 죽음처럼 길 위에서
차 바퀴로 스캔 되어 간다.

독도의 혈

저 건너 동해 바닷길 수평선 붉은 해를 품고
금빛 실은 바다 어부는 노를 젓네
동도에 독도이사부길, 서도에 독도안용복길
총면적 십팔만 칠천오백오십사 제곱미터
인구 사십여 명
경상북도 경찰청 소속 경비대가 상주하는 땅

1900년 10월 25일 고종 황제가
독도를 부속 섬으로 명시한 날이라
신라 지증왕 때도 삼국사기 기록에
신라에 속해 있다는 것으로 그 존재가 나타났지
우산도 가지도 삼봉도라고 하다가
1900년 고종 황제가 석도라고 하고
1906년 울릉군수 심흥택이 독도라 명하였네

예전에는 물개 고래 오징어 삼치 동태의
고향이었을 독도의 너른 바닷속에
미역도 감태도 김도 파도에 춤을 추며
푸른빛을 뽐냈을 돌산
끊임없는 외세의 침략에도

독도야

너는 다케시마가 되지 않고

독도로 남아 주어 고맙구나

역사가 분명한 독도가 어찌하여 다케시마더냐

바다에 솟구친 독도야

너는 장엄하게 바다를 지키고 있구나

민족의 울음소리 탄식 소리

울릉도 앞바다까지 들리더라

해 뜨면 독도 갈매기도 울릉 울릉 끼룩끼룩

그믐달 뜨면 날개 퍼덕이며

돌산을 맴돌며 지키는구나

장엄하구나

빗줄기 속에서 너를 보았다

검푸른 이끼로 뒤덮인 돌산아

우리 마음속에 언제나 살아 있는 독도야!

내 마음속 모차르트

천재의 해골은 죽어서도 극락에 갈 수 없는가?
어린 손이 연주할 때마다 열광하는 잘츠부르크 귀족들
3살 때부터 피아노를 배운 아마데우스
슬프고 고달픈 작곡, 연주는 아버지의 빚 갚음이라
아들을 돈벌이로 취급했더라
어머니가 굶어 죽던 날도 그의 고통은 음악이 되었더라
음표는 그의 손에서 격정의 밤을 새웠어라
천사가 보낸 모차르트의 초현실 음악 영감
오보에와 클라리넷 연주가
언제나 사람들 가슴에 폭풍으로 다가와
연주자의 옷깃까지 환희로 펄럭여라
《피가로의 결혼》은
보는 이들 마음에 향기로운 꽃이 피고
듣는 이들 가슴에 나비가 펄럭이고
온 세상에 해학이 꽃잎으로 피어나는 매력을 선물했더라
사람의 영혼까지도 살아나게 하는 "밤의 여왕 아리아"는
아마데우스가 고뇌하며 깔깔 웃어 대는 음률이어라
아마데우스는 영원히 죽지 않았더라
 별이 빛나는 밤이든, 해가 뜨는 아침이든, 소나기가 오
는 날이든

아마데우스가 열어 놓은 상자 속에서 늘 들려오는 음악 소리가

황금 자수를 놓았다가

바늘까지도 춤을 추게 하는 그의 멜로디

35살에 운명할 때 세상은 어두웠고 별도 뜨지 않았어라

천국으로 가면서도 그는 영원히 살아 있는 울림을 연주했어라

나침반도 없이 저 멀고 먼 별나라로 갔어도

그는 멜로디를 우리 영혼에 새겨 놓았더라

푸른 바람을 타고 춤을 추는 볼프강 아마데우스여

밤새도록 달과 별을 노래하게 하라

당신이 세상에 남긴 아름다운 800여 곡

신비한 멜로디는 시가 되고 꿈속 이야기로

바닷고기도 만나고 히말라야 봉우리가 된다네

살아가는 동안 레퀴엠의 슬픔과 고통이 닥칠 때

당신의 멜로디는 마음에 평화를 내려 주는 신이라네

그대, 하늘에는 영광 땅에는 놀라운 소리로 춤추게 하는 마술사여

그대 그리울 때 내 꿈에도 한 번쯤 나타나 주소서.

철책선을 지우다

달나라에 은하철도 999 타고 가고 가듯
내 고향 신천 강康씨 마을 가고파라
언젠가는 무너질
한반도 155마일 DMZ 녹슨 철책선
태극기 인공기 꽂힌 내 고향
남·북, 봄 길 따라 개나리 진달래 심고
자유롭게 말벗 피어 보겠네

황복이 임진강 북쪽을 거슬러 오르듯
남·북방 경계선 없이 설 추석 명절
한데 뭉쳐 아리랑 아라리오

경계선이 사라진 눈 녹은 도라산역에서
아지랑이 봄볕 한가로운 나비 쌍으로
고려 땅, 러시아, 프랑스 기차 타고
곧 달려가겠네!

제3부 인생: 한평생

생의 서랍

차곡차곡 접시에 담긴 샐러드를
포크 대신 젓가락으로 집는다

복잡하게 얽힌 내 생도
둥근 접시만큼 관대하지 않다

맑게 튀어 오르는 상상이
젓가락 사이로 새어 나간다

생의 서랍 속에 잠든 큰 꿈
아직 이루지 못한 소망
샐러드가 놓인 관대한 접시
젓가락에 튕겨 나간 샐러드를
다시 집어 보리라.

4월의 엘리엇은 슬프지 않다

너는 늘 그 자리에 우뚝 솟아 색색 봄꽃으로
환희의 노래를 부른다
사라졌다 일어나는 꽃봉오리가
아득한 옛 시악시로 오만하기까지 하다
거기 그대로 뿌리박고
누구보다도 앞서 일어날 채비를 하는
숨 가쁜 너의 요염함에
오슬오슬 가슴이 떨린다

4월 바람 후루루루 하얀 꽃눈으로
오솔길 발자국 덮어 두고
지나던 연인의 두 눈동자
뜨겁고 애처롭다

4월은 서서히 지나가는데
저 산봉우리에 걸린 노을 홍조를 띠고
시간이 아쉬운 연인들
안타까운 젊음을 흘려보내는데
슬프고 덧없이 깜박이는 은하수를
오랫동안 쳐다보며 남은 생의 행운을 빈다

\>

누가 뿌려 놓고 떠나 버린 꽃 이파리가
연못에 둥둥 물고기 먹이로 유혹하고
수양버들 아래 젊은 날이 그리워
홀로 찾아왔던 노인의 가슴이
갈대 되어 서걱거린다

순간, 4월의 엘리엇이
다시 살아 있는 걸 알아차렸다.

늙은 남자와 세레나데

구부러진 나무에 키를 재어 본다
바람과 폭우를 견디며 따사한 봄빛에
꽃을 피운 저 혹독한 세월이 가슴 저리다

푸르렀던 지난 아픔이 붉게 핀 것일까
고통이 진하게 엉겨 붙은 자리에
바람 따라 나무도 조금씩 구부러져 간다

그 나무에 기대어 호미 같던 사내를 생각한다
한때는 뜨겁게 허걱거리며
진한 향기를 풍기던 사내
붉은 꽃 진 자리에 하얗게 벗겨진 껍질이 안타깝다
서서히 드리워진 나무 밑 그림자도 휘어져 있다
나무의 거친 살결은 검버섯으로 갈라져도
개 같은 오후에
내가 들려주던 오카리나 소리가
모자이크로 흩어진다

허송세월한 많은 날
살바람이 부는 날도 눈 쌓이던 날도

이제 저 나무에 기대어
내 그렁그렁했던 어리석음에 참회하고 싶다

꿀을 모으는 수벌과 암벌로
윙윙 시를 노래하며
이제 저 나무에서 흩어지는 벚꽃으로
우리 서로 두껍던 상처를 한마디 말로 보듬어
구부러진 나무에 기대어 뿌리내리는 그날을 기약하리.

한평생

그와 내가
태어난 날 미역국은 뜨거웠다

만나서 뜨거웠던 시간
아이 하나 낳고 둘을 낳으며
힘들고 고달팠던 세월
네가 잘했느니 내가 잘했느니
티격태격하다가도
흘러가는 강물에 잠겨
녹슨 경첩으로 삐걱거리며
습관이 체념으로 숙성된 마음

멀리 개 짖는 소리 오솔길에서 들리면
그의 익숙한 발소리에 촉각을 세우고
소식 없이 문을 노크하지 않는 날
온갖 상상은 영화 한 편 찍어 놓는다
가슴에 박힌 장미 가시 파편이
노을로 물들어가는 한 자락 생이
기대는 문이 인간人間이란 글자 아니던가

>

머리에 흰 서리가 까치 둥지 되어서야

다시 돌아보며 끌어안는 따뜻한 가슴 되는 것을

흰 서리 까치 둥지라도 없으면

구름 속 숨은 달빛 되어

저 산봉우리 넘어오는 한평생 들어 온 발소리는

애달픈 생의 깨달음

귀에 익은 생의 매듭으로

구슬픈 옛날이야기가 되는가.

시크릿 가든

누구나 가슴에 비밀 정원 하나 없는 사람 있을까?

보이지 않는 향기가 가슴에 색색의 꽃 정원이 되어
생의 연극을 시작하는 한 걸음 한 걸음마다
흔들리는 가지에 춤추지 않을 꽃이 어디 있을까

추억의 길에 코스모스는 가슴에서 별이 되고
별을 바라보는 눈동자가
별의 눈짓에 녹아드는 밤
흔들리는 심장 붉은 피는
장밋빛 가시를 돋운다네

살아가는 시간마다 꽃봉오리로
붉게 피워 낼 시간을 기다리며
밤하늘에 염소자리와
게자리가 토라져 누워도
선을 타고 드러난
누구도 뽑아내지 못하는 생명
마음속에 피어났다 스러지는 정원은
아주 깊고 비밀스럽구나

\>
꽃 피는 길목에 비바람 닥치더라도
누구의 간섭 없이 언제나 안길 수 있는
색색의 시크릿 가든
삶에 지친 몸 나만의 화원에서
화끈거리는 속마음 천천히 달래며
비밀의 문도 열어 볼
그런 향기로운 정원을 갖고 싶다.

그럼에도

나는 "그럼에도"라는 말에 익숙하다

누구와 이야기하다가
안타깝고 야속하거나
답답할 때 습관적으로 쓰는 이 말투

그럼에도 말이야
그럼에도 어쩌란 말이야

그럼에도 꽃잎이 떨리며
바람을 조롱하는 소리로
미소 짓게 한다

사랑하다 싸우고
야속해서 미워하고
토라져 울고 싶을 때

가슴과 가슴을 맞대고
토닥이며
그럼에도 우린 말이야

그럼에도 너는
따듯하게 퍼져 가는 찻잔 같은 말
차 향기 스며드는 코끝에
어느새 뜨거운 눈물방울이 맺혀 있다

그럼에도 우리는
어떤 고통이라도 이겨 나가 행복해지길.

인정의 향기

꽃 속에 향기로 달리고 싶다
햇살이 이글거리면 어떠랴
내가 꽃이 될 수 없듯
우리 모두 꽃이 아닌 것을
그리움 속에 수술을 빠는 벌 나비
가벼운 몸짓 나풀거려도
우리는 시간 속 시간을 달고
허공을 허우적거리며 날아다니는데

눈 내리고 언 땅에서도 꽃을 피우려
붉디붉은 향기를 가득 안은
맑은 바람이고 싶다
삶의 무게가 무거울지라도
벌 나비와 꽃의 정겨움을 보며
오가는 따듯한 정을 느끼고 싶다

따스함이 꺼지지 않도록
마음과 마음을 맞대어
푸근한 몸짓 황홀한 꽃잎
흔들리는 바람에도

늘 꽃 속에 꿀을 만들어야지

오늘은
외로운 코미디언 김영하 형님께 전화하여
봉숭아꽃 이야기 빨갛게 물들여 볼까나?

잘자 샘을 듣는 그대를 위해

별꽃이 허공에 보석으로 빛나면
달도 문을 환히 열고 잠 못 드는 그대를 위해
대왕 별님 요술 목소리
방송으로 살그머니 들려주면
하늘은 점점 까만 커튼을 치지요

우리는 크게 숨을 쉬고
소리를 낮추고
오래전 옛이야기 재미난 이야기
시끄럽던 낮 동안의 사건
이해할 수 없던 동료들과의 일 모두 잊고
옛이야기 들으며
할머니 푸근한 무릎을 생각하지요
그대는
고요한 밤 낡은 책장을
침 바르며 한 장 한 장 넘기나요?

밤 별 마중 그대여
이상한 동화 나라를 여행하고 오면
면사포 쓴 보름달의 꿈나라에서

파도치는 바닷가 햇살이
슬며시 얼굴을 보이겠죠?

날개 단 쿠카바라 시계가
나뭇가지에 발 도장 찍고 가겠지요?

시는 와 쓰는가?

니는 시를 와 쓰노?
뭐 할라꼬 시를 쓰는가

노래하는 시인으로
가난을 화폭에 그리며
시와 그림으로 슬픔을 달래며
울고 싶을 때는 시조창을 노래하고
찻잔 속에 달이 뜬 모습 시 한 수로
달래는 시인이여
곡차 한잔에 내 마음, 네 마음 교감하면
내가 옳고 네가 옳다는 시끄러운 정치인이 없어질걸

뭐 할라꼬 시를 쓰는가?
세상에 글로써 옳다고 하는 사람 편에
붓을 들어 그 한마디가 명언이 된다면
시로써 세상 못된 사람 다독일 수 있다면
검은 붓에 세상 이치 해로써 반짝인다면

시인이라고 부자 되고 싶지 않겠나?
시인이라고 재물 앞에 강해질 수 있을까?

오늘도 낚싯줄로 고기 낚듯
바람 앞에 촛불로 시가 깜박여도
벚꽃이 피고 져도
고요를 벗 삼아
오온이 공한 것을 비추어 보고
우리 욕심 없이 시로써 정화된 물로
세상을 맑게 살아가세나.

고마운 선생님

오래전 수색에 옷 장사 하던 중년 아주머니가 있었어
그의 아들이 나의 초등학교 1학년 담임 선생님이었지
선생님은 가슴에 손수건을 단 나의 코를 닦아 주고
수줍어하는 나에게 늘 미소를 주었지
집에 갈 때는 잘 가라며 머리를 쓰다듬고
관심을 보이던 지정기 선생님
매일 선생님을 보면서 나도 크면 저런 선생님이 될 거야

그때는 그 선생님이 수색에서 제일 미남이었지
그의 어머니는 우리 집에 와서 내의를 팔며
벙어리 큰아들 때문에
하소연하며 많이 우셨던 거야
지정기 선생님이 둘째였던 거야

선생님이 우리 집에 가정방문을 오면
우리 집 불도그가 무섭다고
밖에서 한참 있다가 울 엄마와 함께 들어왔어
내 나이 8살 때
나는 수줍음이 많아 말을 잘 안 하는 아이였어
내게 늘 미소를 지으며 용기를 북돋아 주던

지정기 선생님을 나는 잊지 않고 있어

세월이 흘러
내가 한글 학교 선생님이 되고서야
선생님이 얼마나 나를 세심하게
돌봐 주었는지 알게 되었고
그게 정말 고마웠어
나이가 들어야 철이 드는가 봐
나무가 쓰러지지 않으려고
가지를 바람에 맡기듯
이제 나도 바람 막는 방법을 터득한 걸까?

하늘을 바라보면

어릴 적 거울을 땅바닥에 놓으면
내가 하늘로 들어갔던 기억이 난다
그곳에선 아이스크림도
맘대로 먹을 수 있을 것 같고
알라딘의 구름 방석을 타기도 하고
구름 꽃들이 비밀스러운 향기를
나에게만 풍길 것 같았다

어른이 되어서 보는
거울 속 새벽하늘엔
구름 속을 지나는 비행기가
아침 에너지를 충전하고
오늘의 날씨를 예감할 것 같다

오후 햇살은 유칼립투스
흔들림을 붙들어 놓고
거울에 들어갈 수 없도록 따갑다
어려서는 등 뒤에 따가운 시선을 느끼며
거울 속에 구름을 타듯이
자유롭게 혼자 노래 부르고

글도 쓰고 책도 많이 읽었다

외로운 밤에는 거울 속 하늘을 본다
홀로 비추는 달은
구름에 가려서 잘 보이지 않지만
어둠 속의 흐릿함이 난 좋다
때론 두 개의 달을
거울 속에서 상상한다
내가 두 국적을 가져서일까?
거울 속에서 본래의 발자취를 비춰 봐야겠다
어느 곳에 서 있어야 나를 비춰 볼 수 있을까?

우리 마을 아이 이름

수색에는 끔난이란 아이의 엄마 마귀 할매가 있어

안거북이랑 몽몽이랑 용수 여자애랑 짱구랑

정렬이랑 기종이랑 모두 무궁화꽃이 피었습니다 놀이 하고 있으면

끔난 엄마 마귀 할매가 끔난아! 아 배라먹을 년 저녁 안 먹고 뭐 혀

끔난이는 우리 숨자! 거북이네 볏짚에 들어가 숨바꼭질하다

쥐덫이 튕겨 팔이 잘릴 뻔한 몽몽이가 멍멍 울었지

고해성사 날, 몽몽이 팔 잘릴 뻔한 거 안거북이 용서 빌었지.

울릉도의 딸

닻을 내리면 내일 날씨는
변덕 부리지 않을 거라고 생각할게
누구의 품에서 출항한 항해더냐

거친 파도야 다가오지 말아라
너의 몸에 처절한 눈물 적시지 말아라
네 몸집이 아무리 큰들
아버지만큼 큰 항구가 어디 있겠느냐?

장독대에는 딸이
아버지 무사 안녕을 비는구나!
저기 저 수평선에 갈매기 끼륵끼륵
고깃배가 깃발을 올리고 만선으로 들어올 거야
쉽게 오지 않는 큰 복을 건졌을까
딸에게 물려줄 복 그물을 실었을까

만선의 뱃고동이 울리니
도동 갈매기 더욱 힘차게 우는데
울 아배 왔는교?

기억을 두드리다

왼손에 열쇠를 쥐고
간혹 열쇠를 찾는다
아무리 찾아봐도 없어진 열쇠
주머니 속을 만지면 오른손을 밀쳐 대고
머리에는 오른손이 올라가 긁적인다

이쪽저쪽으로 고개를 돌리며 땅 보고 하늘 보고
날씨는 덥고 마음은 바빠지네
시장바구니 생선에서 물이 흐르고
아무리 생각해도 그놈의 열쇠가 어디로 숨었나
몸은 바빠져 허둥거리고 생각은 아득해진다

가슴을 손으로 두드리며
어디로 갔나 어디 있는 거야
혼자 물으며 까마득한 어둠 속에서 헤매고 나면
노랗게 다가오는 아지랑이가 눈에서 맴돌고
혼자 중얼거리며 정답도 없는 질문이
작은 속삭임으로 허공에 뱅뱅 돈다

왼손이 한 일을 오른손은 눈치 못 채고

다시 초심으로 돌아가 열쇠야 나와랏
초조한 행동은 바빠지고

아 세월이란 놈이 나의 혼까지 빨아먹었나
슬퍼 글썽이다 머리가 가려워 긁으려는데
쩔거덩 열쇠가 머리 위에서 나 여기 있다
망각의 늪 저편에 묻혀 있던 사실이
기억을 두드리니 나타난 것일까?

가슴의 틈새

원망과 고통이 늘
나를 밖에서 부르고 있었지요
사춘기를 지나 노년이 될 때까지
절벽의 좁은 틈새에 가슴이 꽉 끼어
오도 가도 못하고 살아남으려고
잘못도 없는 넓고 푸른 하늘을 원망했어요

햇살이 따갑게 얼굴을 쏘아 대면
눈을 바르게 뜨지도 못하고
제대로 사물을 바라보지도 못했어요
다가오며 내게 손 내미는 사람이 있어도
상대를 제대로 보지 못하고
혼자 틈새에 갇혀 있었어요

빗물이 내 몸을 적시고 가는 날에는
나는 늘 외롭다고 생각했지요
언젠가 이 틈새에서 벗어나
고래가 노니는 바다로 향할 날을
바람에 물어보았지요

\>

보름달이 뜨던 밤
바위틈에서 내 몸이
스르르 빠져나오는 신비한 소리
누군가가 나를 모르게 낚아채어
틈에서 빠져나오게 했어요

나에게 자유로운 영혼으로 날개를 달아 주어
들숨 · 날숨을 쉬면서 가볍게 날고
잊힌 틈새의 고통에서 벗어나
이제 고향집으로 발걸음을 옮깁니다.

별 사과

사과나무를 별이 보고 있을 때
두 발은 어둠에 녹아 있고
사과 사이사이 붉기만 하다

울음소리 없이 새벽이
어찌 시작될 수 있으랴
들고 나는 문은 하나다

인도의 바라나시 잿더미 속 타다 만 주검
다리 한 짝은 자궁으로 다시 들어가고 싶은가
보디사트바는 갠지스강 물을 마실수록 갈증이 난다

알 수 없는 형상들이
아주 먼 곳까지 흘러간다

아무도 발견하지 못한 색을 찾아서
한 잎맥의 길로 뿌리내린다

시간 속으로 들어가 시간 밖의
거리를 보면 현기증이 난다

천천히 휘파람으로 까치를 불러 앉힌다
사과나무 사이사이 성스럽고
비정한 울음 색이 내려앉고 있다.

생의 그물

파도가 거품을 몰고 와
그물을 끌어들여
아버지에게 건네주더니
결코
잡을 수 없는 팔뚝만 한
거친 생의 비늘을
건져 낸 아버지

아버지는 자식에게
물려주지 않으려고
그물을 몽돌에 내동댕이쳤다

무심하게 부서지는 파도는
그러나
아들에게 그물을
하얗게 건져 올리게 했다

참으로
생겼다가 없어지고
다시 생기기도 하는
인륜의 그물.

암모나스*

군용 담요로 창을 가린 어린 날의 동지섣달
숲 사이 초롱초롱 쏟아지는 별들이 나를 태우고 날아다녔네
내 몸에 별빛색 점자가 박혔고 난 어느 별로 떠올랐네
그곳에서는
반은 사람이고 반은 길고 하얀 여우 털을 한
마르티니** 왕자가 산토리 연주를 했네
멜로디에서 떨어지는 별 가루가 내 눈 속에 박혔네
슬픔과 고통이 없는 그곳에는 별빛 띠 감은 꽃들이 많았네
온갖 동물들 중 다리가 여섯 개 달린 암모나스는
나를 평평한 등 위에 업고 자장가를 불러 주었네
가슴은 따뜻해졌고 머리는 맑아졌네
나는 외할머니 등에 업힌 기분이었네

소나무 잎과 암모나스 머리 위에도
작고 반짝이는 동그란 열매가 떨어졌네
겨울에 열리는 별빛 열매는 박하 냄새가 났네
반짝반짝 초로롱 보석 소리 내며 날아다녔고
내 몸은 가볍게 공중으로 솟아올랐네

공중에는 안 보이는 무지개 길이 많았네
암모나스는 과거 현재 미래 길로

황금 비 꽃비가 오는 별 터널로 나를 안내했네

별 열매와 별 과자를 따 먹으면
한 번은 행복하고
또 한 번은 불행해진다고
아지랑이 꽃이 다가와 내 눈을 흔들며 말해 주었네

오랜 시간 그 별에 머물 수 없었네
파란 안개가 자욱한 돌벽 사이 긴 터널을 걸어 나왔네
마르티니가 왕궁 문 열쇠가 될 한 송이 꽃을 주었네
꽃향기를 열쇠 구멍에 대었네
문이 열리며 떨어지는 순간은 두려웠네
나는 안개가 피어오르는 소나무 아래 서 있었네
소나무 향은 푸른 새털로 바람을 밀며 날아다녔네
나는 둥둥 떠서 신기루 탄 느낌이었네
그곳에서 묻은 흰 씨방이 내 몸을 따듯하게 감쌌네
마르티니 궁전 뜰의 꽃들이 사라졌네

어느새 창을 뚫고 온 달빛이 내 눈을 찔렀네
어둠 속에서 신나게 날 수 있던 어린 날,
훨훨 날아다니는 나를 엄마는 잡지 못했네

다음 날 난 앵무새로 엄마 품에 안겼네
그때를 생각하면 암모나스는
내 맘에 포근한 자장가 연주자로 새겨져 있네.

* 암모나스 : 상상의 신비 동물.
** 마르티니: 상상의 우주 별 속 왕자.

제4부 30년 전 그녀

갈참나무 냄새

아버지는 지붕 아래
튼튼한 울타리로 계셨다
아버지 옆에 앉아 있으면
우리에게 갈참나무 향기로
다가오셨다

따스운 숨소리
다발로 묶어 등짐 지고
가슴과 가슴을 이어 주는
수많은 날
내 안에 너, 네 안에 나
우리 마음에 갈참나무로
뿌리 내리려 사셨다

이제는 동그마니
바람으로 숨소리 내는 억새가
하얀 손사래 치는 언덕에
갈참나무 내음이 나는
아버지 집이 있다.

큰아버지

1963년 서대문 영천의 나지막한 한옥
달빛이 스며드는 저녁 무렵
큰엄마는 수돗가에서
통반장 큰아버지 등목을 해 주고
별빛으로 빛나던 이야기 주거니 받거니
정다웠던 큰엄마 큰아버지

채송화 피던 마당 한편 쪽방에는
영천시장 골목에서
장사하는 순녀 아지매
어린 아기 포대기에 둘러업고
채소를 머리에 인 그녀 머리에서
광주리를 얼른 받아 길목으로 날라 주던
인정 많던 큰아버지
철도청에 다닐 적 많은 사람이
얼굴이 박노식 배우와 같다고
별명이 강노식이었지

오랫동안 영천에서
아이 낳고 살아온 토박이 큰아버지

도시락 옆에 끼고 영천시장 골목길을
수만 번 지나며 늘어선
채소 생선 좌판에 인사했지
가난하고 힘없는 사람에게
늘 작은 돈을 건네주며 용기와 희망을 북돋웠던
세월의 발자국이 그립고 아득하기만 하네

나이 40에 백혈병으로 돌아가신 큰아버지
영천시장 아지매도 아재도 모두 눈물 흘리고
소복 입은 영천시장 할머니들
지팡이 짚고 눈물이 구슬 되었어라
영천시장에 남긴 큰아버지 발자취
채송화 꽃잎이 바람에 사르르
강원도 신림 고향 무덤으로
채송화 향이 날아갔을까.

옛날 옛적 이야기 주머니

밤마다 들려주던 외할매 옛날이야기
"혹부리 할배 나무하러 갔다가 어두워져
허물어진 초가에 머물 때
쿵 다닥! 쿵닥! 방망이 소리 시끌벅적
혹부리 할배 무서워 노래 부르네
파랗고 빨간 눈에 뿔 달린 도깨비
'혹부리 영감, 그 노래 어디서 나오나?'
'아! 그거이 이 혹에서 들리는 거라네'
도깨비 그 노랫소리 좋아서
혹 떼어 가져가고 도깨비방망이 주고 갔더라
혹부리 할배 요술 방망이로 부자 된 걸 보고
이웃집 심술쟁이 혹부리 할배도 혹 떼러 갔다가
혹만 주렁주렁 붙여 왔더라고!"

귀뚜리 찌륵찌륵 가을이 오면
외할매 이야기 주머니 풀어
구수하게 들려주던 옛날이야기
구름 타고 달을 타고 산봉우리 넘어
목탁 치던 벽찬 스님도 좋아했더라
무궁무진 외할매 이야기 들은 후에야

부처님 전에 밤 예불 올리셨다네
외할매 이야기 너무 구수해
달님도 문 앞에 서성거리고
깐죽이 야옹이 쥐 잡는 일도 잊고
마루 밑에서 귀를 쫑긋거리네
오체투지로 엎드린 오지랖이 멍멍이
문밖에 서성이는 보살에게 짖지 않고
할매 이야기에만 쫑긋 찡긋

아 오더니 가고 가더니 오던 그런 날
마지막 한숨을 크게 내쉬던 외할매
벽찬 스님의 아미타불 염불로 극락왕생했을까?

외할매 무릎에 앉아 듣던 옛날 옛적 이야기
그날의 모습이 어른거리고
구수한 목소리 귀에 쟁쟁하다.

담쟁이넝쿨

담장 위로 길게 뻗은 넝쿨
작은 열매 사이로 핀 노란 담쟁이꽃
작은 벌들이 활기차게
꽃 속을 파고들어 꽃가루를 모은다
작은 꽃향기로 벌을 부르다
긴긴밤, 별과 달을 보며
담에 기대어 넓게 뻗친 담쟁이넝쿨

오래도록 담에 붙어
가을이면 단풍으로
창살에 비친 모습
붉은 치마 입은 새색시처럼 수줍다

그렇게 호주 4월의 가을을 기억하노라면
내가 결혼했던 한국 10월의 가을이 떠오른다
비행기에 가득한 신혼부부들
설렘에 윙윙대는 꿀벌들
우리는 제주도 여행길에서
바람이 윙윙 벌떼로 몰려와
새색시 치마가 날려도

만나고 또 만나고
같은 곳에서 같은 모습 사진을 찍으며 다니던
담쟁이의 긴 줄기였다

그렇게 시작한 생의 얼레빗 사연이 얽히고설키며
우리는 억척스럽게 꿀을 모으며 살아왔구먼유.

30년 전 그녀

시드니 북쪽 테리갈 크라운 플라자 호텔 옷 가게
수영복 입은 채 손을 잡고 가게에 들어온 연인들이
멋진 색색의 명품을 만지작거린다
티셔츠에 붙은 $299에 놀란 눈을 크게 뜬다

바람에 나풀거리는 나의 치마가
옷 가게 안으로 들어가라 재촉한다
쪼들리던 이민 초기
집 살 때 빌린 은행 빚을 갚느라
얼마나 힘들고 우울한 나날이었던가?
외식과 여행은 사치였고 통장을 여러 개 만들어
생일비, 파티비, 과외비, 레슨비, 의료비로 쪼개 넣고
하루 생활비로 25불씩 봉투에다 넣었던 그때는
감히 이런 비싼 옷 가게에 들어갈 생각을 못 했다

모퉁이를 걸어가는데
화려한 옷을 입은 마네킹이 말을 걸어온다
구름 걷히고 맑은 하늘 아래 파란 바다를 보아
너도 얼른 예쁜 빛이 되어 봐
마네킹도 그녀가 30년 전 이곳에 와서

옷을 만지작거렸던 그때를 기억하는지
노란 머리를 나부끼며 얼른 옷을 사라고 한다
아직도 비싼 옷을 보면 선뜻 못 사고,
다음에 올게요

무거운 발걸음으로 건널목을 건너서
파도가 넘실대는 바닷가,
참전 용사 기념비에 묵념한다
살아 있으매 행복하노라고 외쳐 보는데
야자수 바람이 내 몸을 감싸며
알로하! 알로하!
나의 비치 치마가 테리갈 파도에 나풀거린다.

목화솜 이야기

가을이면 겨울 목화솜 이불 만들던 외할매
긴 바늘귀에 실을 꿰며 들려준 시집올 때 이야기
눈 덮인 강원도 산길 따라 충주로 시집오느라
긴 목화솜 옷을 두껍게 껴입고 왔단다
하얀 목화솜 차곡차곡 누비어
고운 살결 트지 말라고 입혀 준
외할매 어매의 따뜻한 마음 포근히 감싸안고
눈 덮인 고개고개 넘어오느라
멀미를 하고 토악질이 나올 것 같아도
신부 체면 잃지 않으려 두 손으로 입을 막으며
고개고개 여우고개 넘으셨다네

이불을 꿰매며 '한 많은 이 세상' 노래하면
이야기는 긴 실타래에 매달려 이어지고
맏며느리 시집살이 고초 당초 맵더라
신랑이 군청에서 일하고 돌아오면 시어매가
며느리 보는 눈 옷고름에 칼 품은 듯
며느리 일거일동 못마땅해 잔소리로 쌓이고
세월이 흘러 두 번째 부인 얻은 외할배
외할매에게 유복자를 남기고

추운 동짓달에 외할배 돌아가시고
장사 치르던 날 삼베옷이 너무 추워
어매가 주신 목화솜 옷이 그리웠더라

이야기 속에 하얀 목화솜 이불은
한 땀 한 땀 바늘 위에 달빛으로 채화되고
외할매 살아생전 노래는 고향에 묻힌
어매 그립다더라
추운 겨울에 눈이 오면
하늘 위 구름이 목화솜 같아서
솜이불 꿰매던 외할매 그립고
시집올 때 하얀 눈밭에서
가마가 덜커덩 솜옷이 흔들렸다던
그때 그 시절 이야기 그립구나

저 하늘에 구름으로 떠 있는 솜같이
외할매 어매도 구름 속에 다리 놓아
외할매 만나려나?

1월의 후원

맥파이 소리에 잠이 깨어 창문을 연다
온몸에 퍼져오는 느릿함이 여유롭다
천천히 햇살이 퍼져 오른다
정원의 새싹은 기지개를 켜고
꽃은 색색으로 옷을 갈아입는다
거미줄에 게으른 안개가 맑은 아침 햇살을 받아
옥구슬 옥그르르 노래하며 빛난다
햇살이 피어난 청록색 잔디에
촉촉한 이슬 발자취가 돋아 있다

남자가 만든 채소밭의
자줏빛 가지는 혹부리 영감의 볼이다
삽질하는 곳마다 생명으로 가득하다
지렁이 굼벵이가 살아 있어
즐거운지 셔플 댄스를 한다
땅에서 서로 깍지를 낀 숨소리가 두근거린다
배꼽이 뒤집어질 듯 웃음이 튀어나온다

푸른 잎은 스르르 어깨를 펴고
바람에 새들과 손짓으로 대화한다

정원의 흔들림이 잦아들면
쿠카바라의 웃음이 오늘을 예견한다
후원의 울림이 메아리쳐 오면
그녀는 고국의 까치를 생각한다

1월의 후원에는 붉고 노랗고 하얀 꽃과
채소밭이 화려하게 피어난다
마당 위로 고국으로 가는 비행기가
구름을 스치며 지날 때
코로나로 임종하지 못했던 엄마를 생각한다
엄마는 화단에서 꽃을 꺾어
꽃꽂이를 참 잘했는데……
1월의 하늘에는 엄마의 꽃꽂이가
뭉게구름으로 피어난다.

시간이 흘러도 걷는 길

허드슨 공원을 걷다가
유칼립투스 나무 숲으로 들어가
꽃 속에 맺힌 노란 열매를 딴다

공원의 오솔길 앞을 둘러보면
저 건너 축구하는 선수들의 움직임이 빠르다
발걸음 소리, 뛰는 소리
벤치에 앉아 소녀 시대의 감성이
가까이 안겨 와
옛 팝송을 듣는다

오솔길을 따라가다 보면
두 개의 분수가 있다
빈 분수에 앉아
깃털을 터는 가마우지를 본다
깃털에 스며 있는 물방울의 기억
맏딸이라고 동생들과 외삼촌에게
양보만 하라던 지우지 못할
기억이 물방울에 튕겨 온다
잔디밭을 걷다가

하얀 향기 가득한 가디니아 꽃을 주머니에 넣는다
엄마를 떠나던 웨딩 마치의 추억
벌떼로 윙윙거린다

오솔길을 뛰며 숨을 고르는 젊은이
스르르 넘어가는 해와 발맞추며
나는 세상 소리를 듣고 보았다
옛 팝송에 박자를 맞추며
오늘도 나는 걷는다
변함없는 오솔길에서 새소리는
늘 올드 팝송을 노래하더라.

추억 속 사진

사십 년 전에 시드니로 이민 왔다
처음으로 바다에 가서 찍은 사진
빛바랜 추억의 트럭을
덜컹덜컹 타고 그 시절로 가 본다
다시 돌아올 수 없는 시간과 공간에서 와인을 마시며
노을이 빨간빛으로 비웃듯 나를 지켜봤던
그 바닷가 모래밭에
털썩 주저앉아 아이와 모래성도 쌓고
호주 땅에서 바라던 삶의
일곱 무지갯빛 희망도 잡아 보려 애썼다

빛바랜 사진을 보니
가슴으로 울부짖으며 우울했던 날과
내 굴곡진 삶의 깃발이 펄럭인다
아이와 남편과 함께 물올랐던 그 시절
뽀송뽀송한 살결과 미소는
바람의 발굽 따라 가 버렸고
우리는 한 컷 시간의 의자에
걸터앉아 있다

\>

새벽을 달려온 핌블 우체국
그믐달 뜬 어둠을 헤매던 나의 하루
예기치 못한 미래는 무작정 밀려왔다
가끔은 예견하지 못한
구설수에 가슴이 아팠고
심장에 굳은살로 박혀
어떤 처방으로도 치료가 되지 않았다

살아남아야 한다는 일념으로
산불에 탄 유칼립투스의 새싹이 돋는 날까지
아무도 모를 미래를 붙잡고 달린
추억 속 트럭을 탄 사진
파도가 출렁거리며 춤추던 곳
첫째는 서 있고 둘째는 안고 찍은
팜비치 바닷가 사진이구나!

큰아이의 첫 등교

1983년, 아이가 처음으로 학교에 가던 기억이 난다
큰아이는 샌 앤토니스 가톨릭 초등학교에 들어갔다
첫날 아이에게 김밥을 싸 주었는데 먹지 않고 가져왔다
왜 안 먹었니?
아이는 고개를 숙인 채 울고 있다
다그쳐 물으니, 아이들이 도시락을 보고는
에잇 야크 한다고

다음 날 샌드위치를 싸 주었는데
도시락은 그대로 있다
맛이 없단다
마음이 아팠다
괜히 이민 와서 아이에게
고통을 주는 것이 아닐까?
같은 반 이탈리아계 마이크가 매번 놀린단다
칭총칭총 눈을 찢으며 차이니스 재패니스 하더란다

영어를 못 하는 아이를 위해 정부에서
영어 선생님을 학교로 보냈다
매일 한국어만 하던 아이가 8개월 후

갑자기 영어로만 말했다
신기하고 놀라웠다
영어 못하는 엄마가 될까 봐
혼스비 TAFE 영어 칼리지에
등록하고 영어를 열심히 배웠다

아이를 학교에 데려다주고
칼리지에 도착하면 주차장은 늘 만원이다
차창에 주차 위반 벌금 딱지가 붙어 있기가 일쑤였다
얼마나 마음 태우며 남편 눈치를 보았던가
직업도 잡고 공부도 더 하고 싶어
희망의 갈매기로 날고 싶었던 때였다.

첫 아이의 학교생활

샌 앤토니스 가톨릭 초등학교 교복은 파란 체크무늬 원
피스였다
학교에 들어가서 얼마 있다가 부활절 모자 행진을 했다
나는 아이가 자신감을 느끼도록
부활절 밀짚모자 둘레에 꽃을 붙이고
병아리와 작은 알 초콜릿으로 장식했다
행진하는 내내 교장 선생님과 학부모들이
모자가 이쁘다고 칭찬했다
딸의 모자가 부활절 행진에서 최우수상을 받았다
아이가 밝아지고 친구도 사귀어 생일 초대도 받았다
아이는 학교생활을 즐거워했다

화요일에는 학교에서 학부모 티타임이 있었다
아이의 동급생 어머니 수 존슨은
나에게 무척 호의적이었다
차가 없는 나를 학교서 15분 거리 집까지 데려다주고
영어가 서툰 나에게 천천히 말해 주었다
티타임 때 영국 여자 캘리가
늘 나보고, 영어로 '옷 잘 입고 지적'이라고 해서
못 알아듣고 고개만 끄덕일 때가 많았는데

수 존슨이 뜻을 말해 주어 알게 되었다

아이는 학교 친구와 행복하게 지냈다
크리스마스 학예회 때는
하얀 옷을 입고 천사 역을 맡은
딸의 모습이 조명에 빛났다

우리가 걸어가는 마스필드 거리는
유난히도 말과 하얀 앵무새와
무지개 새가 많았다
이슬이 하얗게 쌓인 푸른 잔디밭에
발자국이 길게 찍혔다가 초록 무늬가 사라져
지나온 발자취를 다시는 볼 수 없지만
40년 전 이곳에서의 기억은
추억의 명화 한 장면으로 기억 속에 남아 있다.

맏딸이 왔다 간 후

민들레가 노랗게 핀 들녘
하얀 씨방을 품은 고결한 모습
너를 보면 왜 자꾸 날아가는
민들레 씨방으로 보일까?

첫딸로 태어났을 때
참 착한 아기였던 너
아빠가 사우디로 갔을 때
엄마의 눈물을 고사리손으로 닦아 주던 너
커서는 어른이 됐다던 사춘기 딸
어느새 중년이 되어
희끗희끗한 새치가 엄마 마음을 찡하게 해
삶에는 정답이 없다는데
너도 여자의 길을 가는 무대 위에 있구나

딸아
어두운 세상에서 길이 보이지 않을 때도
너의 뒤에는 등대로 길을 비춰 줄 엄마 아빠가 있단다
언제나 뒤에서 행운의 배턴을 쥐여 주며
튼튼한 생의 다리가 되어 줄 거야

눈물을 참고 고된 언덕을 넘고 넘는 너를 보노라면
엄마는 언제나 네가 더욱 쉽고 편한 길로 가길 원해
생각하렴 부활절 때 엄마가 만든 병아리 장식 모자로
네가 학교에서 일등을 했듯이 너의 생에 힘이 되도록
엄마 아빠가 뒤에서 늘 응원할게

푸른 나무가 우뚝 서서 하늘을 보듯
늘 싱싱하도록 물을 줄 거야
갈매기가 푸른 바다를 훨훨 날듯이
고달픈 너의 생이 거침없이 날게 할 거야
길을 잃고 헤맬 때 찾아와
항상 두드릴 수 있는 문을 열어 두었어
너의 눈동자 속에 감춘 고통의 눈물을 씻어 줄게
네가 튼실한 나무로 푸르고 높게 꽃을 피울 때까지
언제나 생의 영양분이 되어 줄 거야.

초승달과 떼구름 노을

내 어릴 적 떼구름은 비 손님
비설거지 하라고 할매는 말했지

허드슨 공원 떼구름이 하늘에 수놓고
노을은 그 위에 붉은 포도주를 흩뿌려 놓았지
그 옆 떼구름이 깔린 자리에
하얀 눈썹 초승달이 걸려 있는 거라

울 어매 눈썹엔 하얀 초승달이 빛났는데
그 속에 내 어릴 적 꿈이 보여

거울을 보며 하늘을 보고
구름 노래 부르던 때
할머니 무릎은 옛날이야기 공장
떼구름 몰아가는 시간의 언덕 위에
달리기하는 발걸음이 야속해

황혼이 비추는 저 하늘은 온통
나의 옛 추억의 그리움으로
빨갛게 물들었나 봐.

해　설

지극하게 울려 오는 사랑과 기억의 파동
―강애나의 시 세계

유성호(문학평론가, 한양대학교 국문과 교수)

1. 사랑의 힘을 통해 삶을 증언하려는 열망

강애나의 여섯 번째 시집『내 마음속 모차르트』(천년의시작, 2024)는 1983년 호주 시드니로 이민하여 40여 년을 살아온 시인이 호주의 역사와 그곳에서의 일상을 때로는 사실적으로 복원하고 때로는 회상적으로 고백한 광대하고 또 섬세한 내면적 풍경첩으로 다가온다. 그는「시인의 말」에서 "호주 원주민인 애보리지니의 역사와 문화"를 눈여겨보면서 "호주 땅에서 6만 년을 살아온 그들에게는 고유한 언어와 풍습이" 있음을 증언하고 있다. 그리고 "우리가 잘 알지 못하는 슬프고 억울한 역사"가 있고 "그들의 말과 생활, 그리고 풍습이 자연에서 우러나오는 시의 언어"임을 적극적으로 반영하고 있다. 호주라는 이국異國에서 오랜 시간을 바쳐 자신만의 언어를 가

꾸어 온 강애나 시인은 가파르고 고되었던 그 시간을 재현하면서 스스로의 삶은 물론 그곳에서의 오랜 관찰을 통한 보편적 인간 존재론까지 정성스럽게 형상화해 가고 있는 것이다.

시인은 자신만의 감동과 슬픔의 순간을 충실하게 환기하면서 삶의 오롯한 중심을 견고하게 지켜 가는 사유를 보여 준다. 그리고 그 세계는 오랜 시간 속에서 솟아오르는 열정을 남김없이 비춰 줌으로써 지난날을 선명하게 소환하는 과정을 보여 주면서 다양한 삶의 진정성을 만들어 가고 있다. 이때 그의 목소리는 자기 확인을 넘어 자기를 갱신해 가려는 마음까지 담아내게 된다. 결국 강애나의 시는 이러한 회귀적 속성을 통해 시인 자신의 시선으로 시공간과 사물의 고유성을 발견하고 그 힘으로 다시 스스로의 삶을 되돌아보게 된다. 오랜 기억의 결을 통해 스스로에게는 성찰과 회상의 힘을 부여하고, 세상을 향해서는 호주 원주민을 비롯한 인간 보편의 원리를 선사하는 상상력을 보여 주는 셈이다. 일견 투명하고 일견 정열적인 그 마음의 저류底流에는 사랑의 힘을 통해 스스로와 인간 보편의 삶을 증언하려는 열망이 숨겨져 있는 것이다. 이제 그 세계 안으로 한 걸음 들어가 보도록 하자.

2. 서정시의 원적原籍, 비밀의 기억

강애나 시인은 오랜 시간에 대한 남다른 기억을 통해 물리적 현상은 물론 상징적 잔상殘像까지 담아내는 데 공력을 다한다. 그 시간은 어린 시절부터 호주에서 보낸 시간까지 걸쳐 있다. 그의 시에서 시간은 기억 속에서 재구성되며 우리는 그러한 경험을 따라 시인의 고유한 마음을 알아 가게 된다. 그는 지난날에 관한 기억을 바탕으로 자신이 겪어 온 상처와 지금 가지고 있는 그리움을 표현함으로써 이러한 자기 회귀성을 풍부하게 가져온다. 삶에 대한 궁극적 긍정에서 생겨나는 이러한 회귀 지향의 마음은 풍요로운 그의 경험이 밑바탕을 이루고 있지만, 그것은 세상에 대한 상징적 역상逆像으로 마련된 것이기도 하다. 시인은 원초적 기억을 표현하면서 삶의 상처를 넘어서려는 의지를 내비친 것이다. 그의 시가 가진 장점 가운데 하나가 바로 이러한 마음이라 해도 틀리지 않을 것이다. 이제 우리는 그가 써 가는 서정시를 통해 선명하고도 긍정적인 마음을 경험하면서 가장 깊은 기억 속에 숨 쉬고 있는 우리의 원형을 새삼 새롭게 만나게 된다. 오랜 기억의 보고寶庫에서 꺼낸 다음 시편을 먼저 읽어 보자.

아버지는 지붕 아래
튼튼한 울타리로 계셨다
아버지 옆에 앉아 있으면
우리에게 갈참나무 향기로
다가오셨다

따스운 숨소리
다발로 묶어 등짐 지고
가슴과 가슴을 이어 주는
수많은 날
내 안에 너, 네 안에 나
우리 마음에 갈참나무로
뿌리 내리려 사셨다

이제는 동그마니
바람으로 숨소리 내는 억새가
하얀 손사래 치는 언덕에
갈참나무 내음이 나는
아버지 집이 있다.

―「갈참나무 냄새」 전문

시인의 기억 속에 아버지는 갈참나무 냄새로 존재한다. 그 원형적 이미지는 은은하고 든든한 지붕 아래 울타리이자 따스운 숨소리로 남아 계시다. 오랜 세월 속에서도 아버지는 "내 안에 너, 네 안에 나"라는 마음을 이어 주시는 갈참나무로 뿌리내리고 계셨다. 이제는 "바람으로 숨소리 내는 억새"가 하얀 손사래 치는 언덕에서 시인은 "갈참나무 내음이 나는" 아버지의 집을 바라보고 있다. 갈참나무는 꽃이 봄에 피며 화사한 노랑 빛깔을 띤다. 꽃들은 바람에 흔들리며 주변에 화려한 꽃바람을 만들어 낸다. 새들을 보호하며 그늘을 찾아 쉬려는 동물들에게도 중요한 역할을 하는 나무이다. 그야말로 아버지가 가진 튼튼한 울타리의 속성과 많이 닮았다. 그 속성 가운데 시인은 '향기'를 택하여 아버지에 대한 기억의 비밀과 항구성을 노래한 것이다. 그렇게 아버지에 대한 기억은 "내 고향 신천 강康씨 마을"(『철책선을 지우다』)처럼 "참으로/ 생겼다가 없어지고/ 다시 생기기도 하는/ 인륜의 그물"(『생의 그물』)로 남아 계신 것이다. 다음은 어떠한가.

> 누구나 가슴에 비밀 정원 하나 없는 사람 있을까?

> 보이지 않는 향기가 가슴에 색색의 꽃 정원이 되어
> 생의 연극을 시작하는 한 걸음 한 걸음마다
> 흔들리는 가지에 춤추지 않을 꽃이 어디 있을까

> 추억의 길에 코스모스는 가슴에서 별이 되고
> 별을 바라보는 눈동자가
> 별의 눈짓에 녹아드는 밤
> 흔들리는 심장 붉은 피는
> 장밋빛 가시를 돋운다네

> 살아가는 시간마다 꽃봉오리로
> 붉게 피워 낼 시간을 기다리며
> 밤하늘에 염소자리와
> 게자리가 토라져 누워도

선을 타고 드러난
누구도 뽑아내지 못하는 생명
마음속에 피어났다 스러지는 정원은
아주 깊고 비밀스럽구나

꽃 피는 길목에 비바람 닥치더라도
누구의 간섭 없이 언제나 안길 수 있는
색색의 시크릿 가든
삶에 지친 몸 나만의 화원에서
화끈거리는 속마음 천천히 달래며
비밀의 문도 열어 볼
그런 향기로운 정원을 갖고 싶다.

—「시크릿 가든」 전문

이 아름다운 '비밀 정원'은 시인의 마음을 에둘러 비유하고 있다. 시인은 "누구나 가슴에 비밀 정원 하나"를 품고 산다고 한다. 그곳에서 자라는 꽃은 "보이지 않는 향기"로 다가와 생의 연극을 시작하는 걸음과 함께 춤을 춘다. 그러니 거기로 가는 길은 자연스럽게 "추억의 길"이 된다. 코스모스는 가슴에서 별이 되고 그 별을 바라보는 눈동자는 별의 눈짓에 녹아들고 심장의 붉은 피는 장밋빛 가시를 돋운다. 그렇게 강렬한 생명이 마음속에 피어났다 스러지는 정원이야말로 아주 깊은 비밀을 내장한 공간인 셈이다. 누구의 간섭도 없이 언제나 안길 수 있는 "색색의 시크릿 가든"은 이처럼 "나만의 화원"이기도 하고 "비밀의 문도 열어 볼/ 그런 향기로운 정원"이기도 하다. 그 '시크릿 가든'에서 강애나는 지금도 가장 낭만적이고 미학적인 꿈을 꾸는 시인으로 존재한다. "밤마다 남십자성을 바라보며 꿈을 먹고/ 별을 연구하는 어린 소년"(「미래 우주 비행사」)처럼 "따뜻하게 퍼져 가는 찻잔 같은 말"(「그럼에도」)을 상상하기도 하는 '시인 강애나'의 비밀스러운 기억이 거기에 있을 것이다.

　한 편의 서정시에 나타나는 시간은 경험적이고 물리적인 것이 아니라 작품 내적 시간으로 재구성된 새로운 형식의 것이다. 기억이라는 것 역시 마음이라는 고고학적 지층에 남아 있는 사후적事後的 흔적일 것이다. 강애나 시인은 오랜 시간에 대한 기억을 통해 우리가 경험하지 못한 자신만의 근원적인 세계를 낱낱이 보여 준다. 그것이 사물과 현상에 대한 매혹적이고도 아득한 시선으로 나타나는 것이다. 시인이 보여 주는 사물과 현상에 대한 비밀의 기억 양상은 그러한 흔적을 더욱 선명하게 남겨 놓는 데 크게 기여하고 있다. 그는 이렇게 '비밀의 기억'이야말로 서정시의 둘도 없는 원적原籍임을 알려 주고 있는 것이다.

3. 모국母國과 시詩를 향한 근원적 사랑

　서정시의 근원적 존재 방식은 자기 탐색과 발견을 구현하는 데 있다. 그 바닥에는 시인 자신이 지나온 시간이 녹아 있게 마련인데, 이러한 원리를 충실하게 구현하고 있는 사례로 강애나의 시는 우리에게 다가온다. 그의 시는 오랫동안 시인 자신을 지탱해 온 시간을 불러 모아 지난날에 대한 그리움을 표현하는 데 매진하고 있기 때문이다. 시인은 지나온 시간 속에 머물고 있던 사람들, 사물들, 순간들을 불러내어 그 안에게 인화된 사랑의 기억을 현상하여 보여 준다. 그것은 시인 스스로에게 가장 중요하고 절실한 사랑의 대상이 되는 세목들로 짜여 있다. 먼저 그의 시선은 항상 모국母國의 한순간을 향해 있다. 그 가운데 가장 아름다운 생명 사랑의 시선과 필치로 쓰인 작품 한 편을 읽어 보자.

2022년 10월 29일 해밀톤 호텔 골목
할로윈 즐기러 친구들과 갔던 그곳
이유도 모른 채 깔려 죽어
별이 되어 버린 159명 아들딸의
행방을 찾아 사방팔방 헤매던
부모들의 울부짖음을 어찌 잊으랴!
아직도 침대 위에는 아들딸의
체취가 남아 있구나, 지금도 달려와
어머니 가슴에 와락 안길 듯
살아 있는 숨소리가 들리는 듯하구나

그날 밤 집에 돌아오지 않은
아들딸의 신발, 책가방, 컴퓨터, 게임기를

버리지 못하고 아이들의 사진만 바라보는 부모들
갑자기 압사라니 이게 웬 청천벽력이란 말인가?
살아서 큰 꿈을 펼쳐 갈 젊은 아들딸의
웃는 소리, 장난치는 소리, 전화 소리
다시는 들을 수 없지만
부모들에게는 잊지 못할 환영으로 남아
끊어질 듯 끊어지지 않는 대금 가락으로
생생하게 들려오는구나!

울긋불긋 가을 단풍이 슬픔을 달래지 못하고
산마루에 이지러진 달은 구름에 숨었다네
해 뜨는 수평선 파도 소리조차 한이 서렸는지
해를 보며 철썩철썩 모래톱을 치는구나!

별로 태어난 젊은이들 반짝이는 영혼이 되어
언제나 이 나라를 내려다보리라!
민중을 위한 경찰은
오직 나라 우두머리만 바라보는 꼭두각시였나?
시민을 보호하지 못하는
나라를 우리는 어찌 믿으랴!
나라여!
억울하게 죽은 아들딸과 가족의 한을 풀어 주어라
그들의 영혼이 폭풍에 더는 울부짖지 않게 하라!

—「할로윈 그날에」 전문

"2022년 10월 29일 해밀톤 호텔 골목"이라고 시공간을 확연하게 기록한 이 시편은 "할로윈 즐기러 친구들과 갔던 그곳"에서 불행하게 죽어 간 "별이 되어 버린 159명 아들딸"을 애도하고 있다. 부모들의 울부짖음과 아직도 침대 위에 남은 아들딸의 체취를 소환하면서 "살아 있는 숨소리가 들리는 듯"한 순간을 이번 시집으로 들여왔다. 자녀들의 신발, 책가방, 컴퓨터, 게임기를 아직도 버리지 못하고 그들의 사진만 바라보는 부모들과 동렬에 서면서 시인은 "살아서 큰 꿈을 펼쳐 갈 젊은 아들딸의/ 웃는 소리, 장난치는 소리, 전화 소리"를 환청처럼 불러온다. 슬픔과 한恨을 안은 채 별로 태어난 젊은이들의 반짝이는 영혼을, "시민을 보호하지 못하는/ 나라"를 끌어와서 비판한 것이다. 할로윈 그날에 철저하게 부재했던 '나라'를 불러와 자신이 살아온 모국의 영혼에 호소하는 강렬하고 아름다운 작품이다. 비록 시인은 "처음 이민 와서 주말에 전단과 신문을 수백 장씩"(「공원 앞 아이스크림 차」) 돌리던 아득한 기억을 가지고 있지만 아직도 "꽃술 둘레 하얀 백의민족, 핑크빛 무궁화"(「무궁화 이제는 피어날 때」)를 사랑하는 시인인 것이다.

> 고통과 시련으로 가슴에 든 멍을 씻어 주는
> 시는 훌륭한 마음의 의사
> 무언가 될 듯 안 될 듯할 때의 괴로움이
> 무無 자의 깊은 화두가 되어
> 참회의 순간으로 깨달음을 구하네

봄날 꽃잎이 지고 말라도

봄바람은 다시 찾아와

다시 꽃을 피우고

나비로 다가와 시의 향기를 풍기네

때론

울긋불긋 가을바람에

귀뚜리 소리가 눈물짓게 하고

하얀 눈발이 날리는 겨울에는

외로움에 시를 쓴다네

보고 읽고 듣는 시구절마다

생겨났다 사라져도

깨달음이 되어

생의 길잡이로

승화하는 펜 끝에서

시가 나의 종교라네.

　　　　　　　　　　　　　　—「시와 종교 2」 전문

　다음으로 시인의 사랑은 '시詩'를 향하고 있다. '시'는 그
에게 고통과 시련으로 남은 상처를 씻어 주는 "훌륭한 마음
의 의사"이고, 삶의 고통이 찾아올 때마다 "무無 자의 깊은
화두"로 참회와 깨달음의 순간을 선사하는 존재이다. 봄날
꽃잎이 져버려도 봄바람은 다시 찾아와 꽃과 나비를 통해
시의 향기를 건넨다. 가을에도 눈물짓게 하고 겨울에도 근

원적인 외로움을 부여하는 '시'야말로 그의 존재론적 기둥인 셈이다. 문득문득 만나는 구절마다 깨달음과 길잡이로 승화하는 순간을 경험하는 강애나 시인의 '펜 끝'이야말로 "시가 나의 종교"라는 고백을 불러오는 최적의 순간을 환기하지 않는가. 그렇게 '시'는 그에게 "노래하는 시인으로/가난을 화폭"(「시는 와 쓰는가?」)에 그리면서 "토끼보다는 거북이로 살기를 기도"(「세상에 이럴 수가」)하게끔 해 주는 영약靈藥인 셈이다.

이처럼 시인은 모국과 시에 대한 사랑을 통해 '시인'이라는 존재론을 여러 경로로 고백해 간다. 그는 언어가 단지 삶의 시뮬레이션이 아니라 현실을 그리고 동시에 삶을 은유하는 양식임을 보여 준다. 그리고 언어라는 것이 외로운 개별자가 아니라 다양한 관계에 의해 얽힌 상호 연관적 존재임을 노래한다. 그만큼 시인의 언어는 역동적이며 그래서 많은 이들로 하여금 '시' 자체에 대해 생각해 보게끔 해 준다. 그는 언어를 쓰는 이로서의 자의식을 통해 '시'의 다양하고도 역동적인 위상과 직능을 사유해 가는 것이다. 그렇게 강애나 시인은 자신의 시를 통해, 가장 근원적인 존재인 모국母國과 시詩를 향한 사랑을 우리에게 보여 준 것이다.

4. 역설적이고 광활한 하모니의 나라

강애나 시인은 모어(mother tongue)에 대한 애착을 통해 자신의 시가 양도할 수 없는 존재론적 작업임을 절실하게 경험하면서 그 경험을 들려준다. 이는 오랜 이민 생활을 관통하며 형성된 시인 자신의 고유한 삶의 방식일 것이다. 물론 그 안에는 자신이 살아온 세월에 대한 자부심도 있고, 사라져 간 것들에 대한 그리움도 있을 것이다. 오랜 꿈과 고된 현실 사이에서, 떠나온 모국과 새롭게 안착한 이역異域 사이에서, 존재론적 기원(origin)과 현재형 사이에서 거듭 자신의 삶을 생각했을 그의 시를 읽으면서 공감과 응원을 보내게 된다. 그리고 이번 시집에서 특별히 우리는 호주의 자연과 역사에 대한 그의 깊은 사랑을 느끼게 된다.

> 3월 21일, 호주 하모니 날에 햇살은 맑고
> 풍경 소리는 고양이 소리와 어울려
> 여러 민족의 풍습을 서로 존중하고
> 모든 생명체가 하나로 어울리는
> 평화로운 세상을 알리는 듯하다
>
> ─「하모니 날」 부분

'3월 21일'은 호주에서 기념하는 이른바 '하모니 날(Harmony Day)'이다. 호주는 전 세계 각국의 이민자를 받아들여 살아가는 글로벌 다문화 국가이다. 해마다 전 세계인이 한 마음 한뜻이라는 뜻의 하모니 데이 행사가 있다. 그날 햇살은 맑고 풍경 소리는 고양이 소리와 어울리면서 특유의 하모니를 이루어 낸다. 여러 민족의 풍습을 서로 존중하고 모든 생명체가 하나로 어울리는 날이기 때문이다. 그렇게 평화로운 세상을 알리는 듯한 '하모니 날'을 통해 시인은 호주가 아름답고 광활한 하모니의 나라가 되기를 염원하고 있다. "모두가 아침을 여는 기지개"(「새벽 기지개」)처럼 아름다운 세상이 그 안에 있을 것이다.

　　1905년~1972년까지 60여 년간 자라난
　　호주 애보리지니Aborigine* 혼혈 아이들은 도둑맞은
　세대다
　　인구가 줄던 원주민을 정부가 보호하려고 나섰으나
　　그들의 역사와 생활은 점점 쇠퇴하고 있다
　　나라 빼앗긴 슬픔에 희망 잃고 현대 주류 사회에 적응
　못 하는
　　그들은 휘발유 냄새를 맡으며 마약과 술에 취해 흔들린다

　　…(중략)…

　　지금은 다시 오를 수 없는 성지가 있다
　　에어즈 록 이라고 불렀지만
　　원주민에게 돌려준 뒤에는 울루루로 불린다
　　호주 대륙 한복판에 있는 울루루는 세계 최대 한 덩어
　리 붉은 바위산
　　시간에 따라 바위 색깔이 바뀌는 신비한 곳
　　울루루 근처에서 사람들이 길을 잃어 죽고

텐트에서 잠자던 아기가 호주 사막 개 딩고에게 물려 갔다

그곳에 가면 정신이 혼미해지는 사람도 있다

그래서 신이 산다고 원주민은 믿고 성스럽게 생각하는
산이다.

—「슬픈 추적의 길 1」 부분

하지만 호주에는 슬픈 역사도 있다. 가령 호주에는 백인들이 들어오기 전부터 이 대륙에 살던 원주민이 있었는데 그들을 일러 애보리지니Aborigine라고 한다. 그들은 이미 6만 년 전부터 대륙에서 살아온 사람들이다. 특별히 1905년에서 1972년까지 60여 년간 자라난 애보리지니 혼혈 아이들에 대한 시인의 관심과 연민이 지극하게 다가온다. 그들이야말로 점점 퇴행하여 나라 빼앗긴 슬픔에 희망을 잃고 주류 사회에 적응을 하지 못하고 있기 때문이다. 휘발유, 마약, 술은 그들의 일상이 되었다. 따라서 그들의 역사와 생활도 잊혀져 간다. 하지만 그들에게도 "다시 오를 수 없는 성지"가 있다. '에어즈 록'이라고 불렸지만 지금은 '울루루'로 불리는 그곳은 호주 한복판에 있으면서 "세계 최대 한 덩어리 붉은 바위산"으로 우뚝하다. "시간에 따라 바위 색깔이 바뀌는 신비한 곳"인데 그곳에 신이 산다고 원주민들은 믿는다. 호주의 주류 사회와 그 성스러운 산의 평화로운 공존이 "슬픈 추적의 길"에서 시인이 만난 호주의 모습이 아닐까 한다. 그렇게 호주에는 "아름답고 안식을 주는/ 깨끗한 자연 품속"(「기후 변화와 대기 오염」)이 있고, "역사에 묻힌 추

억"(『오래된 신전의 거리』)이 있기도 하다.

영국인들은 원주민 혼혈 아이를 사막이나 거리에서
총으로 위협하고 부모로부터 빼앗아 마구 잡아갔다
영국식 옷을 입히고 현대식 교육을 해
주류 사회에 편입시킨다는 핑계로
아이들을 백인 홀아비들에게 팔거나
백인 가정에 '입양'시켜 노예처럼 부렸고
백인과 결혼시켜 원주민 모습을 없애려 했다

…(중략)…

100년이 지난 호주에 여름이 오고
캔버라 국회의사당 앞에는
미안함과 사과의 상징으로 꽂힌
검고 빨간 태양 모양의 애보리지니 깃발이
슬프게 펄럭이고 있다
잡혀간 까만 아이들의 눈망울에 맺힌 눈물인 듯하다
　　　　　　　　　　　　―「슬픈 추적의 길 2」 부분

하지만 그 역사의 뒤안길은 생각 밖으로 깊고도 넓다. 100년 전 영국인들이 원주민 혼혈 아이를 대한 방식은 그야말로 폭력적이었다. 주류 사회에 편입시킨다는 명목으로 아이들을 팔거나 입양시켜 노예처럼 부리게 했다. 백인과의 결혼을 통해 원주민 혈통 자체를 사라지게 하려고도 했다. 이제 세월이 흘러 호주의 여름에 캔버라 국회 의사당 앞에는 사과謝過의 상징으로 꽂힌 "검고 빨간 태양 모양의 애보리지니 깃발"이 슬프게 펄럭이고 있다. 그 깃발이 마치 까만 아이들의 눈망울에 맺힌 눈물로 보인다. '슬픈 추적의 길'은 또한 그렇게 "고단한 삶을 산/ 그들의 역사"(「캐나다 베이 사적에서」)처럼 펼쳐져 있다.

강애나 시인은 지나온 시간에 머물고 있던 사람들, 풍경들, 사물들을 천천히 불러내서 선명하게 인화되어 있는 자신의 기억들을 그 안에서 보여 준다. 특별히 호주의 자연과 역사에 대한 그의 관찰과 인식은 두텁고 또 아름답다. 철저한 인간 사랑에 토대를 둔 그의 휴머니즘이 그로 하여금 폐허와 절멸의 시대를 건너는 언어의 사제司祭로 남게끔 해 주고 있는 것이다. 이 깊고도 지속적인 발견과 긍정의 시 쓰기는 그래서 인간 존재의 보편성과 역사성에 대한 탐구 작업으로 끝없이 이어져 갈 것이다. 그의 시에서 구성되는 호주야말로 이러한 의미에서 단연 역설적이고 광활한 하모니의 나라인 셈이다.

5. 추억과 그리움 속에 인화된 존재자들

강애나 시인은 추억과 그리움 속에 인화된 존재자들을 향해 반응하고 그것을 기록해 간다. 자신의 심장에 그것을 쓰고 시행詩行에 새긴다. 이러한 원리는 시인의 존재론이 때로 스스로를 드러내는 방식으로 나타나고 때로 어떤 순간이 아스라한 그리움의 힘으로 나타나는 형식을 취하기 때문이다. 이처럼 강애나의 시는 우리로 하여금 모든 사물들이 그리워지는 순간, 지극정성으로 그 추억의 결을 우리 안에 심어 놓는다. 절실한 기억 속에서 사물과 정서가 잘 어울리는 순간을 끌어들임으로써 삶에 필연적으로 따라오는 그리움의 순간을 응시하게끔 해 준다. 그 점에서 그는 완연한 추억과 그리움의 시학을 기저基底에 깔면서 자신만의 서정시를 써 가는 시인이라고 할 수 있을 것이다.

아마데우스는 영원히 죽지 않았더라
별이 빛나는 밤이든, 해가 뜨는 아침이든, 소나기가 오
는 날이든
아마데우스가 열어 놓은 상자 속에서 늘 들려오는 음
악 소리가
황금 자수를 놓았다가
바늘까지도 춤을 추게 하는 그의 멜로디
35살에 운명할 때 세상은 어두웠고 별도 뜨지 않았어라
천국으로 가면서도 그는 영원히 살아 있는 울림을 연주
했어라
나침반도 없이 저 멀고 먼 별나라로 갔어도
그는 멜로디를 우리 영혼에 새겨 놓았더라
푸른 바람을 타고 춤을 추는 볼프강 아마데우스여

밤새도록 달과 별을 노래하게 하라

당신이 세상에 남긴 아름다운 800여 곡

신비한 멜로디는 시가 되고 꿈속 이야기로

바닷고기도 만나고 히말라야 봉우리가 된다네

살아가는 동안 레퀴엠의 슬픔과 고통이 닥칠 때

당신의 멜로디는 마음에 평화를 내려 주는 신이라네

그대, 하늘에는 영광 땅에는 놀라운 소리로 춤추게 하
는 마술사여

그대 그리울 때 내 꿈에도 한 번쯤 나타나 주소서.

—「내 마음속 모차르트」 부분

볼프강 아마데우스 모차르트는 시인의 마음속에서 영원히 죽지 않는다. 그는 아침이나 밤이나 맑거나 궂거나 그가 열어 놓은 상자 속에서 들려오는 음악 소리로 존재한다. 황금 자수를 놓았다가 바늘까지도 춤추게 하는 그의 멜로디는, 마치 그가 서른다섯에 천국으로 가면서도 살아 있는 울림을 연주했으리라는 생각을 품게 해 준다. 그만큼 그는 멀고 먼 별나라로 갔어도 자신의 멜로디를 우리 영혼에 새겨 놓은 것이다. 그가 세상에 남긴 아름다운 곡들은 어느새 '시'가 되고 '이야기'가 된다. 우리에게 슬픔과 고통이 닥칠 때마다 그의 멜로디는 "마음에 평화를 내려 주는 신"으로 영원할 것이다. "하늘에는 영광 땅에는 놀라운 소리로 춤추게 하는 마술사"로서 불멸하는 그를 불러와 시인은 '내 마음속 모차르트'를 완성해 낸 것이다. 그러한 예술적 에너지를 통해 시인은 "리듬에 맞추어 레드와인이/ 기다리는 붉은 노을 속으로"(『A Shopping List』) 흘러가기도 하고 "부족함 없던 잠깐의 시간이 한 장의 추상화가"(『왓슨스 베이』) 되는 순간을 불러오기도 한다.

사십 년 전에 시드니로 이민 왔다
처음으로 바다에 가서 찍은 사진
빛바랜 추억의 트럭을
덜컹덜컹 타고 그 시절로 가 본다
다시 돌아올 수 없는 시간과 공간에서 와인을 마시며
노을이 빨간빛으로 비웃듯 나를 지켜봤던
그 바닷가 모래밭에
털썩 주저앉아 아이와 모래성도 쌓고
호주 땅에서 바라던 삶의
일곱 무지갯빛 희망도 잡아 보려 애썼다

…(중략)…

살아남아야 한다는 일념으로
산불에 탄 유칼립투스의 새싹이 돋는 날까지
아무도 모를 미래를 붙잡고 달린
추억 속 트럭을 탄 사진
파도가 출렁거리며 춤추던 곳
첫째는 서 있고 둘째는 안고 찍은

팜비치 바닷가 사진이구나!

—「추억 속 사진」 부분

    이제는 사십 년 전 시드니로 이민 왔을 때의 기억이 사진처럼 그림처럼 번져 온다. 그때 처음으로 바다에서 찍은 사진은 "빛바랜 추억의 트럭"을 소환한다. 그 트럭을 타고 상상적으로 그 시절로 가 본 시인은 "다시 돌아올 수 없는 시간과 공간"을 만난다. 아이와 모래성도 쌓고 호주에서 바라던 삶의 무지갯빛 희망도 잡아 보려 애썼던 시간이었다. "살아남아야 한다는 일념"과 "미래를 붙잡고 달린/ 추억 속 트럭"을 담은 사진에서 시인은 "습관이 체념으로 숙성된 마음"(「한평생」)의 시간도 보여 주고 "온통/ 나의 옛 추억의 그리움"(「초승달과 떼구름 노을」)을 바라보고 있는 것이다.

    지도를 보면 시드니는 호주 남동쪽 해안을 두르고 있다. 19세기 초 영국 유배지로 설정된 후에 이제 세계적 미항美港이자 무역 중심지로 성장한 대표 도시이다. 우리와는 지구 반대편에 위치해 있으니 이 글을 쓰는 지금은 아마도 봄날일 게다. 시인은 이민 생활에 쫓겨 '시'는 꿈도 못 꾸고 생활 최전선에서 많은 시간을 보냈을 것이다. 하지만 모어母語에 대한 그리움을 버리지 못하고, 일상적으로는 이중 언어(bilingual) 환경에 놓이면서도, 백지를 대할 때는 영락없는 한국인으로 살아오는 경험을 숱하게 치렀을 것이다. 이제 그는 이민 생활에 따른 행복과 보람은 물론, 근원적이고 인생론적인 고독까지 선명하게 전해 줌으로써 한반도 바깥에서 이루어지는 한국문학의 예외적 성취를 보여 준다. 이민자 경험을 통해 가족 간 사랑이나 모국에 대한 애정 혹은 보편적 인생론을 힘 있게 노래함으로써 이민 생활을 한편으로는 누리고 한편으로는 견뎌 갈 것이다. 그 안에는 추억과 그리움으로 인화된 존재자들이 출렁거리고 있을 것이다.

지금까지 읽어 왔듯이 강애나의 이번 시집은 시간이야말로 인간의 삶을 채우는 가장 중요한 형질임을 알려 준다. 그래서인지 그의 시는 시간을 해석하는 파동으로 꾸준히 나타나고 있다. 그 과정은 강애나 특유의 미학적 고투를 수반하고 있고 서정시에 대한 고민도 동반하고 있다. 이번 시집은 인간 보편의 사랑에 충실한 성과를 거두었다고 할 수 있을 것인데, 우리는 강애나의 시를 아름답게 점화點火하는 서정의 한 극점으로 새롭게 만나게 된다. 그 점에서 그의 시는 기억의 원리에 충실하면서 그것을 서정시의 존재 증명 과정으로 구현한 성과로 남을 것이다. 기억에 남은 대상들을 재현하면서 그것을 사랑의 힘으로 아울러 간 그의 시는 이처럼 우리에게 위안과 성찰의 시간을 허락해 줄 것이다. 내면적 성찰의 언어를 깊고 넓게 담아낸 이번 시집 출간을 축하드리면서, 그의 시가 더욱 심미적인 언어로 이어져 가기를 기원한다. 또한 지극하게 울려오는 사랑과 기억의 파동으로 존재하는 그의 마음이 한 차원 더 깊은 곳으로 천천히 나아가기를, 그래서 우리 이민자 문학의 한 정점으로 남아 주기를, 마음 모아 소망해 본다.